Charlie und Bea trennen sich routinemäßig alle paar Wochen und kommen doch nicht voneinander los. Beas Schwester Dorothy hingegen, eine prinzipienfeste Frau, scheint mit Tony eine Traumehe zu führen. Doch die eingespielte Rollenverteilung gerät außer Kontrolle, als auf einer Dinnerparty Alfonso, ein Freund aus gemeinsamer Studentenzeit, provokant daran erinnert, daß vor einigen Jahren die Paarverteilung genau andersherum war, und damit ein amüsantes Bäumchen-wechsel-dich-Spiel heraufbeschwört ...

In meisterhaft orchestrierten Dialogen erzählt Gabriel Josipovici von den Naturgesetzen der Liebe, in der es keine Fehler, sondern nur falsche Entscheidungen gibt ...

»Schnell, schörkellos und messerscharf.« *kultur-tipp*

Gabriel Josipovici, geboren 1940 als Kind russisch-italienischer und rumänisch-levantinischer Eltern, lebt als freier Schriftsteller in Sussex und veröffentlichte zahlreiche Romane, Erzählungen, Theaterstücke und Hörspiele.

insel taschenbuch 4162
Gabriel Josipovici
Fehler machen

Gabriel Josipovici

Fehler machen

Roman

Aus dem Englischen
von Katja Scholtz

Insel Verlag

Die englische Originalausgabe *Making Mistakes* erschien 2009
in der Carcanet Press Ltd. in Manchester

Umschlagabbildung: Junichi Kishi

Für Tamar

Erste Auflage 2012
insel taschenbuch 4162
Insel Verlag Berlin 2012

Vertrieb durch den Suhrkamp Taschenbuch Verlag
Umschlaggestaltung: bürosüd, München
Satz: Hümmer GmbH, Waldbüttelbrunn
Druck: CPI – Ebner & Spiegel, Ulm
Printed in Germany
ISBN 978-3-458-35862-6

Fehler machen

»Wenn es anders hätte sein können,
wäre es anders gewesen.«

Franz Kafka

I

Dorothy ist gerade dabei, den Obstsalat aufzutischen, als das Telefon klingelt.

– Mist, sagt sie.

– Ich geh ran, sagt Tony, schnappt sich den Hörer von der Station auf der Anrichte und geht damit in den Flur.

– Man sollte wirklich alle Telefone ausschalten, wenn man Freunde zu Besuch hat, sagt Dorothy. Genau wie im Theater.

– Das könnte ich nie, sagt Deirdre. Was, wenn was passiert ist? Irgendein Notfall?

– Notfälle können warten, sagt Dorothy.

– Ich weiß, was du meinst, sagt Henrietta zu Deirdre, als Dorothy sich wieder hinsetzt, nachdem sie allen Gästen aufgetan hat. Wenn Nigel nicht da ist und ich Öl in meine Ohren tropfen muß oder so was, habe ich immer Riesenangst, daß was passiert ist und ich das Telefon nicht höre.

– Öl in die Ohren, sagt Dorothy, wie sonderbar.

– Das muß man machen, von Zeit zu Zeit, wenn man Wachs in den Ohren hat, so wie Henny, sagt Nigel.

Tony kommt zurück ins Zimmer. – Deine Schwester, sagt er zu Dorothy.

– Was will sie?

– Zu uns ziehen.

– Zu uns ziehen?

– Sie hat Charlie verlassen.

– Schon wieder?

Tony zuckt mit den Schultern und setzt sich an den Tisch. Er zieht die Schale mit dem Obstsalat zu sich heran und füllt seinen Teller.

– Du hast ihr hoffentlich gesagt, daß das nicht geht, sagt Dorothy.

– Sie packt bereits, sagt Tony.

– Das geht nicht, sagt Dorothy.

– Sie ist in ein, zwei Stunden hier, sagt Tony. Er gießt Sahne über seinen Obstsalat. – Sie bleibt nur, bis sie was anderes gefunden hat, sagt er.

– In ein, zwei Stunden? sagt Dorothy. Ich fasse es nicht. Gib mir das Telefon.

– Sie ist wild entschlossen, sagt Tony.

– Das kann sie sich wild abschminken.

– Sie ist froh, hat sie gesagt, daß sie mich am Apparat hat. Sie hat gesagt, ich hätte sicher Verständnis. Sie hat gesagt, daß sie ihr Telefon jetzt ausschaltet, damit du sie nicht anrufen und ihr irgendwas ausreden kannst.

– Ich kann nicht glauben, was ich da höre, sagt Dorothy.

– Sie will ihren Mann verlassen, erklärt Tony den Gästen. Sie sagt, sie hält's nicht mehr aus.

– Was hält sie nicht mehr aus? fragt Henrietta.

– Läßt sie die Kinder bei ihm? fragt Deirdre.

– Meine Schwester, sagt Dorothy, ist die verantwortungsloseste Person, der ich je begegnet bin.

– Nun komm, seiner Schwester *begegnet* man nicht, wirft Alfonso ein, der bis dahin still gewesen ist.

Dorothy dreht sich in ihrem Stuhl zu ihm und starrt ihn an.

– Läßt sie die Kinder bei ihm? fragt Deirdre noch mal.

– Wie viele Kinder haben sie? fragt Henrietta.

– Drei, sagt Tony.

– Noch Obstsalat? fragt Dorothy. Hetty?

– Ich nehm noch ein bißchen, sagt Henrietta. Was hast du alles reingetan?

– Mango, sagt Dorothy. Passionsfrucht. Melone. Apfelsine. Und Guave.

– Guave, sagt Henrietta. Hab ich, glaube ich, noch nie gegessen. Wie sehen die aus?

– Du hast noch nie Guaven gegessen? Die riechen göttlich. Die riechen fast noch besser, als sie schmecken.

– Und wie sehen die aus?

– Nach nichts, eigentlich. Klein und rundlich und so schmutzig-gelb. Dein Laden in St. John's Wood hat unter Garantie welche.

– Wegen der Kinder hat sie gar nichts gesagt, sagt Tony.

– Meine Schwester, sagt Dorothy, ist die verantwortungsloseste Person, der ich je begegnet bin.

– Die macht aber auch ganz schön was mit, sagt Deirdre.

– Wieso? fragt Henrietta.

Deirdre nimmt sich noch etwas Obstsalat.

– Wieso? fragt Henrietta noch mal.

– Ihr Mann, sagt Tony, hat was mit einer Frau, die er in einem Hutgeschäft kennengelernt hat.

– In einem Hutgeschäft?

– Halb so alt wie er.

– Halb so alt wie er?

– Die arbeitet in einem Hutgeschäft? fragt Nigel.

– Ganz genau, sagt Dorothy. Die Frau ist halb so alt wie er und arbeitet in einem Hutgeschäft. Angie.

– Angie?

– Eigentlich will sie ihre Doktorarbeit fertig schreiben, sagt Tony.

– Ihre Doktorarbeit! sagt Dorothy. Sie ist eine Sexualtäterin.

– Es gibt Tausende von Sexualtätern, die ihre Doktorarbeit fertig schreiben wollen, sagt Alfonso.

– Was soll das denn bitte heißen? sagt Dorothy.

– Nichts. Ich wollte nur darauf hinweisen, daß man durchaus beides sein kann, Sexualtäter *und* Doktorand.

– Und was willst du damit sagen?

– In Kunstgeschichte, glaube ich, sagt Tony. Irgendwas mit Poussin.

– Am Warburg Institute sind sie doch alle von Poussin besessen, sagt Henrietta.

– Das liegt am Einfluß von Blunt, sagt Nigel.

– Was ihr nämlich über meine Schwester und ihren Mann wissen müßt, sagt Dorothy, die sind beide wahnsinnig schwach. Versteht mich nicht falsch. Sie sind extrem liebenswert. Ganz zauberhaft sogar. Aber schwach. Keiner von beiden hat je nein sagen können. Die Folge ist, daß sie von einer Krise in die nächste schlittern und von einer tränenreichen Szene in die nächste, von einer umwälzenden Entscheidung zur nächsten, und am Ende wissen sie doch nie, was sie anders machen sollen, selbst wenn es Möglichkeiten gäbe.

– Also vor Angie gab es ja Sissy, und bevor es Sissy gab, gab es Prue, und bevor es Prue gab, gab es La-La. Und Bea ihrerseits ist einmal fast mit Colin durchgebrannt, und dann mit Alan und dann mit Francis, sagt Tony.

– Aber all das bedeutet immer nichts, sagt Dorothy. Vielleicht am Anfang mal, aber jetzt längst nicht mehr. Ich ver-

urteile ja nichts und niemanden, sagt sie. Wie könnte ich?
Ich bin schließlich auch nur ein Mensch. Ich will euch nur ins Bild setzen.

– Und dann ruft sie Dot an, sagt Tony, kommt her, heult sich aus, und dann fährt sie nach Hause, und sie vertragen sich wieder.

– Ich weiß, wieviel bei diesen Dingen vom Glück abhängt, sagt Dorothy. Versteht mich nicht falsch. Ich weiß, was für ein Glück ich mit Tony hatte und wie leicht es ist, anderen zu sagen, wie sie leben sollen.

– Dot sagt nie viel dazu, sagt Tony, aber allein, daß Bea all ihre Sorgen bei ihr abladen kann, ist ja schon eine Hilfe für sie. Ein oder zwei Tage bei uns reichen, dann ist sie meistens soweit, daß sie wieder zurück nach Hause kann.

– Es tut mir leid, sagt Dorothy, aber ich hab es so satt, ihr Mülleimer zu sein. Ich liebe meine kleine Schwester von Herzen, sagt sie zu den anderen, aber Schwäche kann ich nun mal nicht ausstehen. Ich kann Leute nicht ausstehen, die nicht wissen, was sie wollen. Da könnte ich kreischen.

– Das läßt du dir aber nie anmerken, sagt Tony.

– Natürlich laß ich mir das nicht anmerken, sagt Dorothy. Ich hab zu Hause gelernt, daß Höflichkeit mehr ist als nur gesellschaftliche Fassade.

– Die Geschichte mit Angie geht schon viel länger als all die anderen Geschichten vorher, sagt Tony. Irgendwie schafft er es wohl nicht, mit ihr Schluß zu machen.

– Er merkt, daß er älter wird, sagt Dorothy. Er merkt, daß der letzte Zug bald abgefahren sein könnte.

– Manchmal, sagt Tony, tut er mir wirklich leid. Zu Hause fühlt er sich elend und gelangweilt, also flüchtet er sich zu dieser Angie, und dann wird ihm klar, was für eine dumme Nuß die ist, und er flüchtet sich zurück nach Hause.

– Was du nicht kapierst, sagt Dorothy, ist, daß er dieses Leben im Grunde liebt. Er liebt den Betrug und das Drama und das ganze hysterische Trara. Und für sie gilt das gleiche.

– Also, jetzt muß ich doch mal was sagen, sagt Alfonso. Früher wart ihr schließlich mit beiden aufs inniglichste verbunden.

– Worauf willst du hinaus? sagt Henrietta.

– Irgend jemand noch Obstsalat? fragt Dorothy und fängt an, das Geschirr abzuräumen, als alle nein sagen.

– Worauf willst du hinaus? wiederholt Henrietta.

– Wie lange kennt ihr diese Leute? fragt Alfonso.

– So fünf, sechs Jahre, sagt Nigel.

– Die Ereignisse, von denen ich spreche, liegen rund fünfzehn Jahre zurück, sagt Alfonso.

– So lange kennt ihr euch schon?

– Deirdre ist mit ihnen zur Uni gegangen, sagt Alfonso.

– Ihr kennt euch von der Uni?

– Sie kannte die beiden, und sie kannte Bea und Charlie. Als Deirdre und ich uns dann im Aufbaustudium begegnet sind, habe ich sie auch kennengelernt. Die beiden Schwestern, Dorothy und Beatrice, und die beiden Freunde, Tony und Charlie.

Dorothy bringt den Kaffee herein.

– Du und deine Schwester, ihr wart zusammen in Oxford? fragt Henrietta sie.

– Nein. Ich war in Oxford, und sie war in Bristol. Aber sie war oft bei mir.

– Aber Tony und Charlie waren in Oxford?

– Ja, sagt Tony. Wir waren am selben College.

– Ihr müßt wissen, fährt Alfonso fort, damals war Tony mit Beatrice zusammen und Dorothy mit Charlie.

– Was du nicht sagst! sagt Henrietta. Wirklich?

– Frag sie selbst, sagt Alfonso, streicht sich über den Bart und grinst.

Tony zuckt mit den Schultern, als er die Blicke der anderen spürt. Sie drehen sich nach Dorothy um, aber sie ist aus dem Zimmer gegangen.

– Und sie waren nicht einfach nur zusammen, sagt Alfonso. Die waren verlobt.

– Beide Paare?

Alfonso beschäftigt sich mit seinem Kaffee.

– Beide Paare, sagt Deirdre.

– Warum kommst du nicht zum Punkt? sagt Tony.

– Der hatte es schon immer eilig, sagt Alfonso zu den anderen. Kennt ihr noch den Satz von Kafka? Wegen der Ungeduld sind sie aus dem Paradiese vertrieben worden; wegen der Ungeduld kehren sie nicht zurück.

Dorothy setzt sich wieder an ihren Platz und streckt die Hand nach der Kaffeekanne aus.

– Verschon uns mit deinen Sententiae, sagt Tony.

Alfonso hebt einen Finger. – Ah, sagt er. Pawlow schlägt wieder zu.

– Wieso Pawlow?

– Ich erwähne die Uni, und er fängt an, Latein zu reden. Er fährt sich mit den Fingern über die Lippen.

– Wie die Pawlowschen Hunde, denen beim Läuten einer Glocke das Wasser im Maul zusammenlief.

Dorothy reicht die Pralinen herum, die Nigel und Henrietta mitgebracht haben.

– Weiter, sagt Henrietta. Du warst dabei, uns von der Verlobung zu erzählen.

– Du weißt, wie das ist, wenn man jung ist, sagt Alfonso. Du willst die Welt deinen Wünschen anpassen. Nach der Unschlüssigkeit der Jugend, in der man dem schier ungeheuerlichen Gefühl ausgeliefert ist, auf einem Schiff ohne Kapitän über stille Gewässer zu treiben –

– Großer Gott, sagt Tony.

– Über stille Gewässer zu treiben, wiederholt Alfonso, sehnst du dich vor allem nach einem: nach einer großen, erfüllten Liebe, die dich erlöst, die deinem Leben einen Sinn gibt und dir bis ans Ende deiner Tage Glück und Frieden beschert. Das ist das Modell, nach dem sich diese beiden Paare geliebt haben. Jeder hatte im anderen die Erfüllung seines Traumes gefunden, Tony mit Beatrice und Charlie mit Dorothy. Ich habe versucht, sie ein bißchen zur Räson zu bringen, immerhin stamme ich aus einer Kultur, in der Besonnenheit und Vernunft eine große Rolle bei der Partnerwahl spielen –

– Vielen Dank, sagt Deirdre.

– Nein, nein, sagt Alfonso, ich habe dir zu danken, mein Schatz. In Deirdre, erklärt er den anderen, habe ich eine Frau gefunden, die nicht nur schön und klug ist, sondern gleichzeitig mit Witz und gesundem Menschenverstand gesegnet. Ganz zu schweigen davon, daß sie auch noch wohlhabend ist. Da mir früh klar war, daß es des allerhöchsten Glücksfalls bedürfte, noch einmal im Leben auf eine solche Lichtgestalt zu stoßen, habe ich ihr natürlich unverzüglich einen Antrag gemacht, den sie, zu meiner größten Freude, angenommen hat.

– Meine Version der Geschichte erzähl ich euch dann später, sagt Deirdre.

– Wie auch immer, sagt Alfonso, ich muß doch sagen, daß ich mir Sorgen um meine Freunde Tony und Charlie machte. Ich hatte nicht den Eindruck, daß sie die Frage mit dem nötigen Ernst angingen. Im Gegensatz zur landläufigen Meinung sind Engländer und Amerikaner die am stärksten romantisch und idealistisch Liebenden – vielleicht, weil der Puritanismus in ihrer Kultur so tief verwurzelt ist; sie halten körperliches Begehren für böse, solang es nicht von tiefen Gefühlen begleitet ist. Unser Tony hier und sein Freund waren ganz typische Produkte einer bestimmten britischen Kultur und Erziehung. Und da waren sie nun, im zarten Alter von dreiundzwanzig, entschlossen, diese beiden reizenden Schwestern zu heiraten, was von außen betrachtet natürlich bemerkenswert erscheinen mag, aber ich, als ihr Freund, hatte das Gefühl, daß sie unrealistische Erwartungen an ihre künftigen Gattinnen stellten, was sie langfristig erheblich ins Unglück hätte stürzen können. Aus diesem Grund entschied ich mich zu einem kleinen Experiment. Im Vertrauen sagte ich Tony, daß beide, Dorothy und ihre Schwester, für seine Reize empfänglich seien, und das gleiche sagte ich Charlie. Und ich überredete Deirdre, den beiden Damen ähnliche Flöhe ins Ohr zu setzen.

– Wir waren *sehr* jung, wirft Dorothy ein.

– Ihr wart zweiundzwanzig beziehungsweise dreiundzwanzig, sagt Alfonso, aber jede Zweiundzwanzigjährige aus Frankreich, Italien, Mexiko oder Indien ist wesentlich reifer als eine Zweiundzwanzigjährige aus England. Das wart ihr jedenfalls, sagt er, zwei- und dreiundzwanzig, genau wie eure jungen Männer, und in diesem Alter – wie vielleicht in jedem Alter – hört man herzlich gern, daß man attraktiv für ein attraktives Exemplar des anderen Geschlechts ist, selbst wenn es deine geliebte Schwester oder dein bester Freund ist. Dürfte ich noch eine Tasse Kaffee haben?

Dorothy schenkt ihm nach und wirft einen fragenden Blick in die Runde. Deirdre schiebt ihre Tasse ein Stück vor, aber die anderen schütteln den Kopf.

Er nimmt einen Schluck und fährt fort: – Nachdem ich also zumindest einen Funken Interesse im jeweils anderen geweckt hatte, ging ich zur zweiten Stufe meines Plans über. Bei passender Gelegenheit setzte ich erst Tony, dann Charlie auseinander, daß, da sie aller Wahrscheinlichkeit nach einen Großteil ihres Lebens nicht nur mit ihrer Frau, sondern auch mit deren Schwester verbringen würden, und in Anbetracht der Tatsache, daß eine wechselseitige Anziehung vorliege, die Gefahr, der Versuchung eines Tages nachzugeben, nicht gering sei. Und ich plädierte dafür, dies nicht etwa abzuwarten, sondern es lieber drauf ankommen zu lassen, *bevor* man sich gegenseitig ewige Treue schwor. Sollte die Erfahrung so gut sein, daß sie fortan nicht drauf verzichten wollten, könnten sie gerade noch rechtzeitig und ohne größeren Schaden anzurichten, die Bäumchen wechseln. Und Deirdre machte den Mädchen den gleichen Vorschlag. Na ja, und auch wenn insbesondere zwei von ihnen protestierten, daß es ihnen nicht im Traum einfallen würde, sich auf eine solche Sache einzulassen, und daß sie das Risiko, den Geliebten zu verletzen, niemals eingehen würden, so ließen sich am Ende doch alle überreden.

– *Das* habt ihr gemacht? fragt Henrietta und starrt mit aufgerissenen Augen erst Tony, dann Dorothy an.

Tony hebt die Schultern, während Dorothy vor sich auf den Tisch schaut.

– Und dann?

– Nun ja, sagt Alfonso, Tony plante ein Wochenende mit Dorothy, ohne daß er es Charlie oder Beatrice wissen ließ, und die beiden hatten ihrerseits eine kleine Verabredung ohne das Wissen der anderen.

Er greift nach der Schachtel Pralinen, sucht nach langem Zögern eine aus und steckt sie sich in den Mund. Die anderen beobachten ihn dabei und warten.

– Und dann? sagt Henrietta, als er keine Anstalten macht fortzufahren.

– Wie ihr euch denken könnt, sagt er schließlich grinsend, war es für alle ein Desaster. Alle vier waren sich dessen, was sie da taten, viel zu bewußt und hatten ein viel zu schlechtes Gewissen, um es wirklich genießen zu können. Alle kehrten mit einem Seufzer der Erleichterung zu ihrem jeweiligen Partner zurück.

– Kapier ich nicht, sagt Nigel. Dorothy ist zu Charlie zurück und Tony zu Beatrice?

– Ganz genau. Und stracks zurrten beide Paare ihren Hochzeitstermin fest, überzeugt, daß man ihrer Liebe, die ja nun auf die Probe gestellt worden war, nichts anhaben konnte.

– Kapier ich immer noch nicht, sagt Nigel. Wieso sind dann Tony und Dorothy ...?

– Ach, sagt Alfonso, das ist doch das Schöne am Leben. Daß wir nie wissen, was es uns als nächstes beschert.

Er schaut lächelnd in die Runde.

– Und? sagt Henrietta. Erzähl weiter.

– Na, wißt ihr, sagt er, Menschen sind komplexe Wesen. Wir glauben, daß wir uns kennen, und plötzlich, tata! wird uns klar, daß das nicht stimmt. Als die Hochzeitsvorbereitungen im Gange waren und unsere Liebenden in Träumen von künftiger Glückseligkeit schwelgten, fuhr Tony mit dem Zug nach Devon. Er sehnte sich danach, an diesem zentralen Wendepunkt in seinem Leben allein zu sein und ein wenig Ordnung in seine Gedanken zu bringen, die man zu Recht als konfus beschreiben könnte. Er reservierte ein Zimmer in einem kleinen Strandhotel, das ihm ein Freund empfohlen hatte, und verbrachte seine Zeit damit, lange Spaziergänge entlang der Klippen und an den Stränden dieser wundervollen Gegend zu unternehmen. Aber trotz des strahlenden Wetters und der einmaligen Landschaft stellte er zu seiner Enttäuschung fest, daß das Ziel verfehlt und ihm weder innerer Frieden noch gedankliche Klarheit beschert wurde. Nach zwei Tagen beschloß er, daß es keinen Sinn hatte, noch länger zu bleiben, und kehrte nach London zurück. Von unterwegs rief er Dorothy an und fragte sie, ob sie kurz Zeit hätte, und sobald er angekommen war, machte er sich auf den Weg zu ihrer Wohnung, ohne vorher auch nur nach Hause zu fahren und seine Taschen abzustellen. Sie erwartete ihn bereits und bot ihm einen Tee an. Sie saßen in ihrer Küche, und während sie Tee kochte, teilte er ihr mit, daß er ein Problem habe. Im Laufe der letzten Tage sei ihm klar geworden, sagte er, daß er nicht in Beatrice, sondern in sie verliebt sei, und er fragte sie, was er ihrer Meinung nach tun solle. Darf ich?

Er beugt sich vor und zieht die Pralinenschachtel zu sich herüber. Eine Weile bekuckt er sich die Angaben auf dem Deckel, dann untersucht er den Inhalt der Schachtel. Schließlich nimmt er eine Praline heraus und steckt sie sich in den Mund.

– Stimmt das? fragt Nigel die Gastgeber.

Tony zuckt mit den Schultern, als wolle er sagen: Glaub doch, was du willst.

Alfonso schluckt das letzte Stück der Praline hinunter und fährt fort. – Sie sagte ihm, sagt er, daß das seine Sache sei, und fragte sich, warum er mit seinen Problemen ausgerechnet zu ihr gekommen war.

Sie schauen zu Dorothy. – Man hat Verpflichtungen, finde ich, sagt sie plötzlich und ein bißchen zu laut. Wir sind keine Tiere.

– Er bat sie, drüber nachzudenken, sagt Alfonso. Er erklärte, daß von ihrer Entscheidung eine Menge abhinge. Sie bat ihn, das zu erläutern. Er sagte, daß er, falls sie seine Gefühle nicht erwidere, zwei Möglichkeiten habe: seine Verlobung zu lösen und das Land zu verlassen, oder an der Hochzeit festzuhalten in dem Wissen, daß er seine Frau weder liebte noch jemals lieben würde und daß er, schlimmer noch, ihre Schwester und die Frau seines besten Freundes liebte. Sie erwiderte, daß nur er allein diese Entscheidung treffen könne und daß ihr nicht verständlich sei, warum er sie damit behellige. Dorothy, sagte er zu ihr, du hast nichts über deine Gefühle zu mir gesagt, und das macht mir Hoffnung. Ich verstehe nicht, was meine Gefühle damit zu tun haben, erwiderte sie. Würdest du denn jemanden heiraten, den du nicht liebst? fragte er. Man kann lernen, jemanden zu lieben, sagte sie, und genau diese Antwort hätte ich dir vorhin schon geben sollen, als du mich gefragt hast, was du tun sollst.

– Wir sind keine Tiere, wiederholt Dorothy, ein bißchen zu laut. Es gibt so etwas wie eine Verpflichtung dem andern gegenüber, und Versprechen muß man halten.

Alfonso erzählt weiter: – Die Antwort auf meine Frage

 ist also nein? fragte Tony. Was genau ist denn deine Frage? fragte sie. Willst du mich heiraten? sagte er. Ich hab's dir schon mal gesagt, sagte sie, wir sind keine Tiere, wir haben unsere Verpflichtungen anderen Menschen gegenüber. Als ihm klar wurde, daß er sie vorläufig zu nichts weiter bewegen konnte, sich gleichzeitig aber bis zu einem gewissen Grad durch ihre Weigerung, ihm ihre Abneigung ins Gesicht zu sagen, bestätigt fühlte, erhob er sich, um zu gehen. Aber eins will ich dir noch sagen, bevor ich gehe, sagte er. Deine Reaktion von eben, und überhaupt in dieser ganzen schmerzhaften Diskussion, verstärkt meine Gefühle für dich nur noch. Du hast keine Ahnung, sagte er, wie erhebend es ist, in diesen Zeiten, wo der gesamten westlichen Welt jede Religion abhanden gekommen ist, und wo die Menschen ziellos auf einem Meer konventioneller Gefühle dahintreiben, einer Frau von solcher Prinzipientreue zu begegnen. Ich habe keine Prinzipien, Tony, erwiderte sie. Wie jeder von uns tue ich nur das, wovon ich glaube, daß es mich glücklich machen wird. Aber genau das meine ich, sagte er. Dein Glücksbegriff ist rein, im Unterschied zur restlichen Welt, deren Glücksbegriff auf den Hund gekommen ist. Und damit wandte er sich zum Gehen.

Alfonso hält inne und strahlt die anderen an. – Das ist das Ende der Geschichte, sagt er.

Tony zuckt die Schultern.

– Ach, komm, sagt Henrietta. Du kannst doch hier nicht aufhören. Was ist dann passiert?

Jetzt zuckt Alfonso die Schultern, allerdings hochmütiger als Tony.

– Jetzt komm schon, sagt Henrietta und dreht sich erst zu Tony und dann zu Dorothy. Du kannst hier nicht aufhören. Du mußt uns erzählen, was dann passiert ist.

– Du weißt, was passiert ist, sagt Deirdre. Alfonso hat an der richtigen Stelle aufgehört.

– *Du* weißt, was passiert ist, sagt Henrietta. Wir wissen es nicht.

– Doch, Süße, sagt Nigel, das wissen wir. Dorothy hat Tony geheiratet, und ihre Schwester hat Charlie geheiratet.

– Aber sie waren nicht verliebt! ruft Henrietta.

– Woher willst du das wissen?

– Na ja, sie wollten doch den jeweils anderen heiraten!

– Es ist verblüffend, wie schnell wir Menschen uns selbst von irgend etwas überzeugen können, sagt Alfonso. Natürlich brauchen wir eine Geschichte, die unsere Gefühle stützt, aber man kann sich leicht denken, welche Geschichte Charlie und Beatrice sich selbst und einander erzählt haben. Wie ich vorhin schon gesagt habe, das Leben beschert uns auf wundersame Weise immer das, was wir am wenigsten erwartet haben.

– Aber habt ihr ...? fragt Henrietta Dorothy.

Dorothy lächelt. – Das ist lange her, sagt sie.

– Euch war klar, daß ...?

– Das ist lange her.

– Aber ich wüßte gerne, ob ihr wirklich ...

– Süße, sagt Nigel, wir sollten langsam los.

– Wir auch, sagt Deirdre und steht auf.

Alfonso lächelt ihr zu und streicht sich über den Bart.

Als sie in den Flur und zu ihren Mänteln gehen, sagt Nigel zu ihm: – Du hast doch nicht einfach ... irgendeine Geschichte erzählt, oder?

– Doch, natürlich, sagt Alfonso und grinst.

– Alles gar nicht wahr?

– Natürlich.

– Natürlich nicht oder natürlich doch?

– Natürlich doch.

– Wahr?

– So wahr eine Geschichte sein kann.

– Laß dich nicht von ihm ärgern, sagt Deirdre, als Alfonso ihr in den Mantel hilft.

– Keine Sorge, versichert Nigel ihr.

– Vielen, vielen Dank, sagt Henrietta an der Tür zu Tony und Dorothy. Ich bin wirklich gerührt von eurer Geschichte.

– Wirklich? fragt Tony.

– Was denn?

Er zuckt die Schultern.

Nigel nimmt Dorothys Hände zwischen seine.

– Meine Liebe, sagt er.

– Meine Freunde, sagt Alfonso und umarmt erst Tony, dann Dorothy.

Deirdre umarmt die beiden nacheinander und folgt den anderen nach draußen in die Nacht. Tony bleibt an der Tür stehen und winkt ihnen so lange hinterher, bis sie nicht mehr zu sehen sind.

II

Dorothy hat schon mit dem Abräumen begonnen.

– Und, sagt Tony, wie fandest du das?

– Ich hoffe, sie kommt nicht allzu spät, sagt Dorothy.

– Ach Gott, sagt er, das hatte ich über dieser kleinen Szene völlig vergessen.

Mit den Abwaschritualen nach einer Dinnerparty sind sie bestens vertraut. Tony steht bereits mit hochgekrempelten Ärmeln am Spülbecken, wäscht die Teller ab und stellt sie in die Maschine, während Dorothy die Tischdecke ausschüttelt und zusammenfaltet und im Zimmer die gewohnte Ordnung wiederherstellt.

– Zehn vor zwölf, sagt Dorothy. Schon eine kleine Zumutung, findest du nicht?

– Vielleicht hatte sie keine Lust, unseren Gästen in die Arme zu laufen, sagt Tony.

– Und hält uns deshalb wach bis um zwei in der Früh? sagt Dorothy. Hat sie vergessen, daß wir oben ein schlafendes Kind haben?

– Ein schmaler Grat, sagt Tony.

– Das kannst du wohl laut sagen, sagt Dorothy.

Dann klingelt das Telefon.

Dorothy nimmt den Hörer, geht aus dem Zimmer und zieht die Tür hinter sich zu. Tony spült weiter Teller ab und stellt sie in die Maschine.

– So, das hätte sich schon mal erledigt, sagt Dorothy, als

 sie wieder ins Zimmer kommt und das Telefon auf die Station setzt.

– Was hat sich erledigt?

– Sie kommt nicht.

– Hat sie was anderes gefunden?

– Nein. Sie haben sich wieder vertragen.

– Das gibt's nicht, sagt Tony.

– Du wußtest doch, daß es so kommt, sagt sie.

– Ja, aber nicht so schnell.

Dorothy zündet sich eine Zigarette an und setzt sich an den Tisch. Tony macht sich an den Töpfen zu schaffen.

– Ich hätte ja nichts dagegen, wenn sie ihn verläßt, sagt Dorothy. Im Gegenteil, ich glaub fast, das wäre eine gute Idee. Obwohl, wie sie mit den drei Kindern zurechtkommt, das ist noch mal eine andere Frage. Aber was ich nicht ausstehen kann, ist dieses ständige Hin und Her, dieses tägliche Drama.

– Es ist ihr Leben, sagt Tony.

– Ich weiß, daß es ihr Leben ist, sagt sie, aber ich kann das nicht ausstehen. Ich kann es nicht mal ausstehen, zukucken zu müssen. Das raubt mir den letzten Nerv.

– Du mußt ja nicht zukucken, sagt er.

– Natürlich muß ich das. Sie ist meine Schwester.

– Was hat sie gesagt?

– Nicht viel, sie hat gesagt, sie haben sich wieder vertragen.

– Das ist alles?

– Sie hat gesagt, es bedeutet ihr einfach alles, daß sie auf uns zählen kann.

– Das ist gut.

Dorothy drückt ihre Zigarette im Aschenbecher aus.

– Wann wird die mal erwachsen? sagt sie. Ich bin es so leid, ihre Mutter zu sein. Ich hasse das Chaos, in das sie sich hineinlaviert hat.

– Das ist kein Chaos, sagt er und schaut nach weiteren Töpfen, die abzuwaschen sind. Das ist ihr Leben.

– Nach meiner eher altmodischen Auffassung sind die Menschen für ihr eigenes Leben verantwortlich, sagt sie.

– Du hast hohe Ansprüche, sagt er.

– Ich glaube an die Würde des Menschen, sagt sie.

– Genau das meine ich, sagt er, nicht jeder kann deinen Ansprüchen gerecht werden.

– Ich mache ihr ja keinen Vorwurf, sagt sie. In keiner Weise. Und versteh mich nicht falsch. Ich mache auch ihm keinen Vorwurf, ich würde mich an seiner Stelle vermutlich genauso benehmen.

– Ach Quatsch, sagt er, während er das Spülbecken schrubbt.

– Ich meine, sagt sie, mir ist schon klar, was für ein Glück wir beide miteinander haben. Wenn ich mich in unserem Freundeskreis umsehe, dann kenne ich nicht viele Paare, die so sind wie wir. Aber wir haben natürlich auch etwas dafür getan. Wir hätten uns nicht mit weniger zufrieden gegeben. Wir wissen, wie verletzlich das Glück ist, und wir haben dafür gesorgt, daß es uns erhalten bleibt.

– Aber weißt du, sie ist gar nicht unglücklich, sagt er. Und er auch nicht.

Er nimmt das Geschirrtuch und wischt damit die Spüle trocken.

– Ach, sagt sie, Unglück! Die Hälfte des Unglücks auf dieser Welt geht nicht zurück auf das Unvermögen von Männern und Frauen, in einem Zimmer stillzusitzen, wie Pascal annahm – sondern auf diesen verrückten modernen Glauben, daß wir alle Anspruch auf Glück haben in unserem Leben. Das ist der Fluch unserer Zeit, sagt sie, erfunden im achtzehnten Jahrhundert und im zwanzigsten von den USA in die Welt exportiert. Nenn mir einen vor Rousseau, der geglaubt hat, wir seien auf der Erde, um glücklich zu sein! Und ironischerweise waren diese Menschen damals weit glücklicher als heute. Weil alle wie verrückt nach dem Glück streben und glauben, daß es um die Ecke liegt, in Gestalt eines neuen Jobs, einer neuen Liebe, vielleicht sogar eines neuen Autos oder in einem Paar Schuhe. Und dann stellen sie fest, daß das Glück dort nicht liegt, und wenn sie sich trotz des Jobs und der Liebe und des Autos und der Schuhe genauso fühlen wie vorher, dann wissen sie nicht mehr, wohin sie sich wenden sollen, und sie reißen sich verzweifelt ein Bein aus, bis ein neuer Job des Weges kommt oder eine neue Liebe oder irgendwas anderes Neues. Der Triumph der Hoffnung über die Erfahrung – mit diesen Worten beschrieb Johnson die zweite Ehe –, sagt sie, das ist ein modernes Phänomen, und mit dieser Anmerkung hat Johnson ein weiteres Mal bewiesen, daß er der Vertreter eines älteren Ethikbegriffes war, einer Anschauung, die ihre Wurzeln schon bei Aristoteles hat, und in der sich Erfahrung und Hoffnung nicht in ewiger Feindschaft zueinander verhalten, sondern den Faden und das Gewebe dieses einen Lebens bilden. Weißt du, was sie mir gesagt hat? sagt sie. Sie hat gesagt, daß sie und Charlie, trotz aller Unterschiede, aneinandergekettet sind wie zwei Gefangene auf der Flucht, die sich auf einem Floß befinden, das mit hoher Geschwindigkeit auf einen Wasserfall zutreibt. Kannst du dir vorstellen, daß so ein Bild vor der Romantik jemals Verwendung gefunden hätte? Kannst du dir überhaupt eine pessimistischere Interpretation des Lebens vorstellen? Das Leben sollte ein Geschenk sein, kein Fluch. Wie kann es sein, daß ich eine Schwester habe, die nicht nur umgekehrt denkt, sondern auch lebt?

– Die sind ziemlich glücklich, weißt du, sagt er noch mal. Ich würde nicht sagen, daß sie unglücklich sind.

– Glaubst du, die tun nur so, als sei es die Hölle?

– Das würde ich nicht mal sagen. Ich weiß nicht genau, was ich glaube, ich habe einfach den Eindruck, daß keiner von beiden wirklich unglücklich ist. Im Grunde glaube ich sogar, daß sie weit glücklicher sind als die meisten Leute, die ich kenne.

– Weil sie leichtfertig sind?

– Nein, leichtfertig sind sie nicht. Ich weiß nicht genau. Irgendwie scheinen sie sich doch ganz gut durchzuwurschteln.

– Wenn Durchwurschteln das ist, worum es einem geht, sagt sie.

– Es ist nicht das, worum es mir geht, sagt er. Und dir erst recht nicht. Aber zu manchen paßt es, und anscheinend paßt es zu ihnen.

– Und warum versucht sie dann dauernd, ihn zu verlassen?

– Ich glaube nicht mal, daß sie das wirklich tut. Ich glaube, die haben wie alle Paare ihre Höhen und Tiefen, und wie die meisten Paare haben sie für sich eine Strategie entwickelt, damit umzugehen, die zu funktionieren scheint.

– Ich finde nicht, daß ein Leben voller Höhen und Tiefen ein gutes Leben ist, sagt sie. Und ich wünschte, daß wir nicht Teil ihrer Strategie wären, damit umzugehen.

Er tritt vom Spülbecken zurück und betrachtet sein Werk.

– So, sagt er. Ich glaube, das wär's.

– Willst du schlafen gehen?

– Ich bin müde.

– Dann geh schon mal, sagt sie. Ich bleib noch auf und lese ein bißchen. Hast du was dagegen?

– Ich bin zu müde, um was dagegen zu haben, sagt er.

III

Beatrice legt den Hörer auf und sagt: – So.

– Was hat sie gesagt?

– Na, was wohl?

– War sie kühl?

– Ja.

Verlegen sitzen sie am Tisch, die Flasche zwischen ihnen.

– Ich weiß auch nicht, was ich mir dabei gedacht hab, sagt sie.

– Es ist total verständlich, sagt Charlie.

– Findest du?

– Ich war verrückt, sagt er.

– Ja?

– Verantwortungslos.

– Sieht ganz so aus, ja, sagt sie.

– Es ist ...

– Was?

– Sie ist ...

– Noch mal, sagt sie. Ich will kein Wort über sie hören.

– Tut mir leid, sagt er.

– Nein, sagt sie. Mir tut es leid. Ich weiß, daß das irrational ist, aber solang ich nichts weiß, kann ich ...

– Natürlich, sagt er. Aber ich würde dich nie verlassen. Das weißt du.

– Du kannst mich verlassen, sagt sie. Wenn es das ist, was du willst.

– Ich hab's dir doch gesagt. Das ist nicht das, was ich will.

– Dann mußt du dich von ihr trennen.

– Ich hab's dir doch gesagt. Das habe ich schon.

Er verteilt den Rest aus der Weinflasche auf ihre beiden Gläser und steht auf, um noch eine Flasche zu holen.

– Ich würde mich nie von dir trennen, sagt er. Oder von den Kindern.

– Aber ich würde dich verlassen, sagt sie. Wir würden dich verlassen. Wenn du dich weiter mit ihr triffst.

– Ich weiß, sagt er.

– Aber du triffst dich doch weiterhin mit ihr.

– Du verstehst das nicht, sagt er. Sie hat gedroht, sich umzubringen. Sie ist labil.

– Mit labilen Leuten solltest du dich gar nicht erst einlassen.

– Natürlich nicht.

– Warum machst du's dann?

– Keine Ahnung, sagt er.

– Doch, sagt sie.

– Was meinst du?

Sie umfaßt mit beiden Händen das Glas und schaut hinein.

– Was meinst du? fragt er noch mal.

– Du weißt genau, was ich meine, sagt sie.

– Was?

– Ich langweile dich. Die Familie langweilt dich. Du brauchst Abenteuer.

– Ja?

– Mir macht es ja nichts, sagt sie. Aber ich warne dich: Wenn das noch einmal passiert, ist der Ofen aus.

– Du hast mein Versprechen.

– Dein Versprechen hatte ich schon einmal.

Er schweigt.

– Mir ist das egal, sagt sie. Deine Entscheidung.

– Genau das ist das Problem, sagt er. Dir ist es egal.

Er nimmt den letzten Schluck aus seinem Glas und schenkt sich aus der frisch geöffneten Flasche nach.

– Ist das nicht etwas ungerecht? fragt sie.

– Ich spüre überhaupt kein Mitgefühl von deiner Seite, sagt er, das war schon immer so.

– Du meinst sentimentales Geklammere und Selbstmorddrohungen? fragt sie.

– Mach dich bitte nicht lustig über sie, sagt er. Sie leidet.

– Und ich etwa nicht?

– Das hab ich nicht gesagt.

– Was hast du denn gesagt?

– Ich habe gesagt, daß du schon immer so warst – desinteressiert.

– Heißt?

– Das heißt, daß ich dir allem Anschein nach egal bin.

– Und du hast mich nicht vielleicht selbst dahin gebracht?

– Nein, sagt er. Ich glaube, das ist dein Charakter.

– Warum bist du dann mit mir zusammen?

– Ich kann nicht leben ohne dich, sagt er. Oder die Kinder.

– Aber es macht dir nichts aus, uns weh zu tun.

– Doch, natürlich.

– Warum machst du's dann?

Er schweigt und nippt an seinem Wein.

– Ich weiß, was du denkst, sagt sie. Du denkst, du machst

 das, weil ich desinteressiert bin. Weil ich dir nie die Wärme gegeben habe, nach der du dich sehnst. Und vielleicht hast du ja recht. Vielleicht bin ich einfach kalt wie ein Fisch.

– Du bist nicht kalt wie ein Fisch, sagt er. Du versuchst dich nur selbst zu schützen, indem du nicht so viel Interesse zeigst. Vielleicht hat das alles mit deiner Kindheit zu tun und mit der Liebe und Bewunderung, mit der deine Eltern deinem Gefühl nach deine Schwester überschüttet haben und von der du nichts abbekommen hast.

– Gar kein Interesse oder nicht viel Interesse? fragt sie.

– Was macht das für einen Unterschied?

– Einen großen, sagt sie.

– Weiß nicht, sagt er.

– Du hast immer gewußt, wie ich bin, von Anfang an, sagt sie. Ich habe nie versucht, dir was vorzumachen.

– Stimmt, sagt er. Du hast nie versucht, mir was vorzumachen. Im Grunde mochte ich das sogar an dir. Ich fand deine unsentimentale Art ganz erfrischend.

– Und warum hast du deine Meinung geändert?

– Ich habe meine Meinung nicht geändert, sagt er.

– Aber jetzt komme ich dir kalt vor.

– Nicht kalt, sagt er. Distanziert.

– Du bist derjenige, der für die Distanz zwischen uns verantwortlich ist, sagt sie.

– Nein, das stimmt nicht, sagt er. Ich wollte dir immer ganz nah sein. Als die Kinder kamen, dachte ich, das bin ich. Das sind wir.

– Und jetzt?

– Hab ich dir eben gesagt.

– Distanziert.

– Nicht abweisend. Aber so, als käme es nicht mehr drauf an.

– Es kommt auch nicht mehr drauf an, sagt sie. Das glaubst du mir nicht, aber es stimmt wirklich. Wenn du zu deiner Angie gehen willst, mach das. Du kannst nur nicht uns beide haben.

– Warum ging es dir anders mit ... den anderen?

– Woher willst du wissen, daß es mir anders ging?

– Solche Sachen hast du nie gesagt.

– Vielleicht ist das einfach der Tropfen, der das Faß zum Überlaufen bringt. Oder vielleicht liegt es irgendwie an ihr.

– Daß sie mich ganz für sich will?

– Ich hab dir doch gesagt, daß ich über sie kein Wort hören will.

– Aber ich möchte es so gern verstehen.

– Du verstehst nie irgendwas.

– Warum sagst du das?

– Weil es wahr ist.

– Ja, aber warum jetzt?

– Weil es jetzt wahr ist.

Eine Weile sitzen sie schweigend am Küchentisch, die offene Weinflasche zwischen ihnen.

– Es ist wahr, sagt er. Irgendwie macht sie mir angst, das war bei den anderen nicht so. Die anderen schienen die Regeln zu kennen. Das Gefühl habe ich bei ihr nicht.

– Das ist absolut verständlich, sagt sie. Sie möchte dich ganz für sich allein. Nicht nur hier und da ein bißchen, wenn du zufällig mal von uns wegkannst.

– Könnte sein, sagt er.

– Ich hab's dir gesagt, sagt sie. Wenn es das ist, was du willst, okay.

– Es ist nicht okay, sagt er, und es ist nicht das, was ich will.

– Mir egal, sagt sie. Aber eins muß dir wirklich klar sein: entweder sie oder ich. Du kannst uns nicht beide haben.

– So rigoros kenne ich dich gar nicht, sagt er.

– Entscheide dich einfach, sagt sie.

– Ich hab's dir gesagt, sagt er. Ich habe mich längst entschieden.

– Ja, sagt sie, als wir das letzte Mal drüber sprachen.

– Ich hatte Angst, daß sie sich was antut.

– Diese Angst wirst du wieder haben.

Er schweigt.

– Mir egal, sagt sie. Ich hab's dir gesagt, mir ist es egal. Aber dir muß klar sein, daß dies das letzte Mal ist.

– Ich verstehe, sagt er.

– Ich will dir nicht drohen, sagt sie, ich habe die Nase nur endgültig voll.

– Ich verstehe, sagt er.

Er füllt erneut ihre Gläser.

– Ich verstehe, sagt er noch mal.

– Ich frag mich, ob du wirklich was verstehst, sagt sie.

– Es ist so schwer, von ihr loszukommen, sagt er.

– Dein Problem, sagt sie.

– Natürlich ist das mein Problem, sagt er. Ich würde mir nur ein kleines bißchen Empathie von dir wünschen.

– Warum sollte ich Empathie zeigen? sagt sie. Es ist dein Problem.

– Du weißt, daß ich dich liebe, sagt er.

– Du hast eine interessante Art, mir das zu zeigen, sagt sie.

– Ohne dich und die Kinder kann ich nicht leben.

– Das wirst du möglicherweise aber müssen, sagt sie.
– Was willst du damit sagen?
– Wenn du wieder was anfängst mit ihr.
– Nein, sagt er. Ich habe meine Lektion gelernt.
– Das hast du beim letzten Mal auch gesagt, sagt sie.
– Sie wollte sich umbringen, sagt er.
– Sie wollte sich *schon wieder* umbringen, korrigiert sie ihn.
– Jaja. Jaja.
Er gießt sich etwas Wein nach. – Soll sie doch, sagt er. Ich habe alles getan, was ich konnte.
– Das hast du beim letzten Mal auch gesagt, sagt sie.
– Jetzt mach aber einen Punkt, sagt er.
– Ich will nur sicher sein, daß dir das klar ist.
– Ist mir klar.
Er schweigt und sieht runter auf sein Glas.
– Es ist spät, sagt sie. Wir sollten schlafen gehen.
– Ja, sagt er.
Sie steht auf, und er folgt ihr, nachdem er sein Glas neben ihres in die Spüle gestellt hat.
Im Bett sagt sie: – Das ist alles so erniedrigend.
Er nimmt ihre Hand. – Es tut mir leid, sagt er.
– Das glaube ich dir nicht, sagt sie.
– Ich kann wohl gar nichts mehr richtig machen, sagt er, auf einmal ärgerlich.
Sie schweigt.
– Es ist immer das gleiche, sagt er. Ich versuche mich dir zu nähern, und du weist mich einfach zurück.
– Charlie, sagt sie. Wann hörst du eigentlich jemals zu? Du willst dein ganzes Leben lang ein kleiner Junge sein. Du willst alles machen, worauf du Lust hast, und Mami soll

 dir alles verzeihen. Aber ich bin nicht deine Mutter. Ich kann dir nicht verzeihen. Irgendwie lebst du in einer anderen Welt als alle anderen. Du hast das Gefühl, daß sich jeder an die Regeln halten muß, jeder außer dir. Siehst du das denn nicht selber? Siehst du gar nicht, wie du bist? Selbst jetzt weiß ich nicht, ob ich dir glauben soll oder nicht. Du weißt vermutlich nicht mal selbst, ob du dir glauben sollst oder nicht. Seit zwölf Jahren sind wir verheiratet, sagt sie, und es ist immer die gleiche Geschichte, die gleiche langweilige Geschichte, Jahr für Jahr. Ich weiß nicht, warum du mich nicht schon vor ewigen Zeiten verlassen hast. Ich weiß nicht, warum ich dich nicht verlassen habe. Aber immerhin weiß ich, daß du in Teilen ein sehr liebenswerter Mann bist und daß ich dich, lang ist's her, einmal sehr geliebt habe. Aber die Liebe ist wie ein Stoff, der mit der Zeit verschleißt, dünn wird und irgendwann reißt. Und alles, was bleibt, ist ein zerrissenes Tuch. Du akzeptierst einfach nicht, daß du eine Verantwortung trägst, sagt sie. Du glaubst, daß die Sachen, von denen ich nichts weiß, im Grunde nicht existieren. Aber sie existieren, unabhängig davon, was ich weiß oder nicht weiß, und das meiste weiß ich natürlich sowieso, weil du auch nicht sonderlich gut darin bist, mir irgendwas vorzumachen. Oder vielleicht gibst du dir nicht mal Mühe, mir was vorzumachen, vielleicht willst du, daß ich alles weiß und dir verzeihe. Aber ich kann dir nicht verzeihen. Vielleicht konnte deine Mutter dir verzeihen, aber eine Ehefrau kann das nicht. Das mußt du verstehen, wirklich verstehen, nicht bloß sagen, daß du es verstehst, sondern wirklich, wirklich verstehen. Und ich glaub nicht, daß du das tust.

Jetzt weint er leise, im Dunkeln neben ihr liegend, und

streichelt ihre Hand, die er noch immer umfaßt hält. Er dreht sich zu ihr und fängt an, ihre Brüste zu streicheln, dann ihren Bauch, und läßt seine Hand tiefer nach unten wandern und streichelt ihre Oberschenkel und bewegt seine Hand zwischen ihren Beinen, während ihr Atem beginnt, schneller zu gehen. Er weint lauter, als er sich auf sie legt und in sie gleitet, ihre Schultern festhält und sagt: – Es tut mir so leid so leid so leid so leid.

Danach liegen sie Seite an Seite und starren nach oben in die Dunkelheit.

Sie berührt sein Gesicht und spürt, daß es naß ist. Sie leckt über ihre Finger und schmeckt das Salz.

– Ich liebe dich, sagt sie.

Aber er schläft bereits.

IV

– Deirdre, bist du's?

– Wer sonst, Dorothy?

– Deine Stimme klang so komisch.

– Die klingt immer komisch am Telefon. Ich wollte nur anrufen und mich für den Abend bedanken. Das mit Alfonso tut mir leid.

– Wieso leid?

– Er hat sich ein bißchen lächerlich gemacht mit dieser ganzen Geschichte, nicht? Ich hab die Befürchtung, daß er langsam nichts mehr verträgt.

– Ich fand ihn eigentlich wie immer.

– Ja?

– Hör mal, Deirdre, sagt Dorothy, es ist was Seltsames passiert.

– Was Seltsames?

– Ja. Tony ist verschwunden.

– Verschwunden?

– Ja.

– Wie meinst du das, verschwunden?

– Er hat einen Zettel hinterlassen, daß er mal weg ist für eine Weile, daß ich mir aber keine Sorgen machen soll, und seitdem habe ich kein Wort von ihm gehört.

– Und wann war das?

– Gestern.

– Bist du bei der Polizei gewesen?

– Nee, also, nicht nach diesem Zettel und so.

– Arbeitet er irgendwie im Untergrund?

– Im Untergrund? Was um alles in der Welt meinst du? Tony ist Banker.

– Ich weiß nicht, Dorothy. Tony hat so eine Aura.

– Eine Aura?

– Ja, und wie. Ich hab mich oft gefragt, ob er wohl Agent ist.

– Ich weiß nicht, wovon du sprichst, sagt Dorothy. Tony kann ums Verrecken kein Geheimnis für sich behalten, das konnte er noch nie.

– Das könnte auch Fassade sein, oder nicht? sagt Deirdre.

– Glaubst du, ihm ist was passiert? fragt Dorothy.

– Ganz bestimmt gibt es eine Erklärung, sagt Deirdre.

– Ich les dir mal seinen Zettel vor, sagt Dorothy. Bin unter Umständen für ein paar Tage weg. Mach dir keine Sorgen. Tony. Was in Gottes Namen bedeutet das, Deirdre?

– Das bedeutet, daß du dir keine Sorgen machen mußt, Süße. Das wird sich alles ganz schnell klären. Vielleicht hat er eine Überraschung für dich.

– Was für eine Überraschung?

– Keine Ahnung. Irgendeine Überraschung.

– Das paßt nicht recht zu Tony, sagt sie. Das ist nicht so sein Ding.

– Was ist mit seiner Schrift?

– Was soll damit sein?

– Zeigt die irgendwelche Zeichen von Anspannung?

– Keine Ahnung. Die sieht einfach aus wie seine Schrift.

– Das ist schon mal gut. Wenn sie irgendwelche Zeichen von Anspannung zeigen würde, könnte das heißen, daß er verfolgt wurde. Erpreßt vielleicht. Wer weiß? Oder daß er eine unheilbare Krankheit hat. Oder Angst hatte, durchzudrehen.

– Wie soll ich sehen können, ob sie Zeichen von Anspannung zeigt? sagt Dorothy.

– Kuck dir die Schwünge an, sagt Deirdre. Die Schwünge bei den Ls.

– Es kommt kein L vor, sagt Dorothy. Aber so oder so hat er doch immer alles mit mir besprochen. Alles, was ihm Sorgen gemacht hat. Wenn es irgendwas in dieser Richtung wäre, wäre er damit zuerst zu mir gekommen.

– Vielleicht konnte er nicht, sagt Deirdre. Vielleicht hat man ihm gesagt, daß etwas Schreckliches passiert, wenn er das macht.

– Er hätte es trotzdem gemacht, sagt Dorothy. Du weißt doch, wie eng wir sind.

Deirdre schweigt.

– Der Zettel lag im Flur. Er muß ihn auf seinem Weg nach draußen dort hingelegt haben.

– War er irgendwie komisch in den letzten Tagen?

– Natürlich nicht. Das hätte ich schon gesagt.

– Es wirkte nicht so, als läge ihm irgendwas auf der Seele?

– Tony liegt immer irgend etwas auf der Seele, sagt Dorothy. Du weißt, wie viele Sorgen er sich immer um alles macht.

– Ich bin sicher, das klärt sich alles, sagt Deirdre.

– Es ist nur einfach so sonderbar, sagt Dorothy. Es paßt so gar nicht zu ihm.

– Es gibt bestimmt eine Erklärung, sagt Deirdre.

– Natürlich gibt es eine Erklärung, sagt Dorothy. Aber

es ist so sonderbar. Ich weiß nicht, was ich davon halten soll.

– Vielleicht solltest du doch zur Polizei gehen, sagt Deirdre. Vielleicht ist er durchgedreht, und du mußt die Polizei informieren, damit sie alle Krankenhäuser und Polizeistationen alarmieren kann und so.

– Aber hätte er mir diesen Zettel geschrieben, wenn er durchgedreht wäre?

– Vielleicht hat er gespürt, daß er abdreht, und das war das letzte, was er gemacht hat, bevor er endgültig durchgedreht ist.

– Weißt du was, Deirdre, sagt Dorothy, manchmal erzählst du den größten Quatsch.

– Ich sondiere nur die Möglichkeiten, sagt Deirdre. Es ist wichtig, alle Möglichkeiten zu sondieren.

– Ich glaub nicht, daß das eine Möglichkeit ist, sagt Dorothy.

– Na dann nicht, sagt Deirdre spitz.

– Auch wenn es wohl doch am wahrscheinlichsten ist, daß er sich um irgendwas Sorgen macht und das Gefühl hat, er muß alleine damit fertig werden, sagt Dorothy.

– Das Geld der Bank hat er wohl nicht veruntreut, oder? So Nick-Leeson-mäßig?

– Tony?

– Na ja, Dot, wir leben in komischen Zeiten.

– Tony ist der Inbegriff von Redlichkeit, sagt Dorothy.

– Ja, sagt Deirdre. Na klar.

– Vielleicht hast du recht, sagt Dorothy. Vielleicht war er bei der Vorsorge, und irgend etwas mit seinem Herzen ist nicht ganz in Ordnung, und er muß über die möglichen Folgen nachdenken. Obwohl er so was immer mit mir besprechen würde. Bin unter Umständen für ein paar Tage weg. Mach dir keine Sorgen. Tony. Wie um alles in der Welt soll ich mir keine Sorgen machen?

– Du sollst einfach nicht denken, daß er überfahren worden ist oder so was, sagt Deirdre.

– Unter Umständen, sagt Dorothy. Das heißt, er ist nicht sicher. Irgendwas an der ganzen Sache ist doch komisch. Irgendwas, was ich nicht ganz greifen kann.

– In jedem Fall, sagt Deirdre, solltest du ihn beim Wort nehmen. Er ist unter Umständen für ein paar Tage weg, aber du sollst dir keine Sorgen machen.

– Warum konnte er mir das nicht sagen?

– Vielleicht wollte er nicht, daß du dir Sorgen machst.

– Glaubst du etwa, jetzt mache ich mir weniger Sorgen?

– Vielleicht hat er geschworen, kein Wort zu sagen.

– Wir haben uns immer alles erzählt, sagt Dorothy. Absolute Offenheit ist das Fundament unserer Ehe.

– Aber du würdest nicht wollen, daß er ein Versprechen nicht hält, oder?

– So ein Versprechen würde er nie geben.

– Vielleicht mußte er es tun. Für dich. Für Sam.

– Glaubst du, er ist als Geisel genommen worden?

– Das ist eine Möglichkeit.

– Aber warum hätte er mir dann diesen Zettel geschrieben?

– Vielleicht hat er's freiwillig gemacht.

– Warum sollte er sich freiwillig als Geisel nehmen lassen?

– Vielleicht, um dich zu retten. Und Sam.

– Ich wünschte, du würdest Sam mal außen vor lassen.

– Wir müssen alles genau ausloten, sagt Deirdre.

– Aber dann würde er doch nicht schreiben, daß er in ein paar Tagen zurück ist, oder? Und außerdem ist bei mir noch niemand wegen Lösegeld oder so was vorstellig geworden.

– Auch wieder wahr, sagt Deirdre. Ich glaube, sagt sie, du wirst einfach tun müssen, was er sagt, und dir keine Sorgen machen. In ein oder zwei Tagen ist der wieder da, und alles klärt sich auf.

– Vermutlich, sagt Dorothy.

– Soll ich rüberkommen?

– Nein nein. Ich komm schon klar.

– Ich ruf dich morgen an, sagt sie. Aber sag mir Bescheid, wenn er wieder auftaucht, ja?

– Na klar.

– Und – Dot – mach dir keine Sorgen. Es gibt bestimmt eine ganz einfache Erklärung.

– Das hoffe ich, sagt Dorothy.

– Bis dann.

– Bis dann.

V

Wie so oft, wenn er sie sieht, fragt Charlie sich, warum eine Frau, die die Vierzig aller Wahrscheinlichkeit nach überschritten hat, einen Pony trägt, aber wie immer verursacht das leicht Perverse daran, das offensichtliche Mißverhältnis zwischen dem kindischen Pony und dem völlig überschminkten Gesicht darunter, ein Kribbeln in seiner Lendengegend und läßt sein Herz schneller schlagen.

– Ohne dich bring ich mich um, sagt Angie.

– Ohne mich, darum geht's doch gar nicht, sagt Charlie. Wir müssen nur ein bißchen vorsichtig sein in der nächsten Zeit.

– Ich will nicht vorsichtig sein, sagt Angie. Ich will dich sehen können, wann immer ich will. Ich will mich nicht verstecken und irgendwas vortäuschen und ein oder zwei Stunden mit dir ergattern, wenn du das Gefühl hast, sie kuckt gerade mal weg.

– Ich weiß, Süße, sagt Charlie. Das will ich doch auch nicht. Aber wir müssen noch ein bißchen Geduld haben.

– Die Zeit der Geduld ist vorbei. Jetzt sind Taten angesagt.

– Ich liebe dieses Absolute an dir, sagt Charlie, und es stimmt, obwohl es ihm auch Angst einjagt.

– Liebe, liebe, sagt Angie mit einem Kopfschütteln, das das Licht auf ihrem glänzenden schwarzen Haar schimmern läßt.

Er streckt seine Hand über den Tisch und streichelt über ihre nackte Schulter.

– Ich meine es ernst, sagt Angie.

– Ich weiß, sagt Charlie unglücklich.

– Dann sag's ihr.

– Das kann ich nicht, sagt er.

– Warum nicht?

– Darüber haben wir doch schon gesprochen, sagt er. Was soll aus den Kindern werden?

– Ich dachte, du hättest akzeptiert, daß dieser Preis nun mal zu zahlen ist.

– Habe ich auch, sagt er.

Er streichelt ihre Schultern. – Ich kann die Kinder nicht verlassen, Angie, sagt er. Das weißt du doch.

– Wer spricht von verlassen? sagt sie. Man könnte meinen, wir seien im neunzehnten Jahrhundert.

Er sitzt da und schweigt.

– Sie werden dich höchstens dafür bewundern, sagt sie.

– Mich bewundern?

– Was halten sie denn jetzt von dir? fragt sie.

– Was sie von mir halten? Keine Ahnung.

– Ich bin sicher, sie halten dich für einen Schwächling, sagt sie. Aber wenn du Stellung beziehst, dann werden sie Respekt haben.

– Vermutlich, ja, sagt er.

– Zweifellos, sagt sie.

– Trotzdem, glaube ich, sollten wir einfach ein bißchen vorsichtig sein. Solange ich die Dinge klären muß für mich.

– Klären, wie meinst du das?

– Ich meine, es wäre leichter – so wie mit dem Blinddarm, weißt du? Es ist immer gefährlich, ihn herauszunehmen, wenn er gereizt ist, und richtig gefährlich, wenn er geplatzt ist. Davon kann man sterben.

– Und?

– Na ja, das ist so ähnlich. Wenn wir irgendwas machen, solange sie gereizt ist, dann ... Während, wenn sich alles ein bißchen beruhigt hat ...

– So ein Quark, sagt sie.

– Du mußt das mal aus meiner Perspektive betrachten, sagt er.

– Ich habe es aus deiner Perspektive betrachtet, sagt sie. Ich habe es drei Jahre lang aus deiner Perspektive betrachtet. Jetzt will ich es zur Abwechslung mal aus meiner Perspektive betrachten. Ich will, daß *du* es aus meiner Perspektive betrachtest. Ich will, daß Beatrice es aus meiner Perspektive betrachtet.

– Ich weiß, ich weiß, sagt er. Ich hab mit ihr gesprochen.

– Du hast mit ihr gesprochen?

– Ich habe ihr die Situation erklärt.

– Und?

– Sie denkt drüber nach.

– Sie denkt drüber nach? Über was in Gottes Namen muß die nachdenken?

– Sie denkt über ihre Antwort nach. Sie hat mich gebeten, ihr etwas Zeit zu geben.

– Darum hat sie dich gebeten?

– Ja. Sie hat mich angefleht, ihr etwas Zeit zu geben. Ich konnt's ihr nicht abschlagen.

Er streichelt wieder ihre Schulter. – Darf ich? sagt er.

– Warum hast du das nicht gleich gesagt?

– Ich hab's versucht. Aber du hast nicht zugehört.

Sie schweigt und denkt darüber nach, was er gesagt hat.

Er streichelt ihre Schulter.

Geistesabwesend nimmt sie seine Hand und steckt seinen kleinen Finger in ihren Mund.

Später sagt sie: – Ich war übrigens krank. Ich hatte echt Panik.

– Panik? Panik wovor?

– Ich hab einen Knoten in meiner Brust gefühlt.

– Du hast was gefühlt?

– Ich war im Krankenhaus. Man hat einen Ultraschall gemacht.

Schweigend liegt sie im Dunkeln neben ihm.

– Fühl mal, sagt sie. Hier.

– Ich fühl nichts, sagt er.

– Hier.

– Stimmt, sagt er und zieht seine Hand zurück. Und was war?

Sie schweigt.

– Warum hast du mir das nicht gesagt?

– Wie denn? sagt sie. Sollte ich dich anrufen? Und was ist, wenn sie neben dir steht, wenn ich anrufe?

Er schweigt.

– Verstehst du, was ich meine? sagt sie.

– Es tut mir so leid, sagt er. Und was war?

– Es war negativ. Ich muß noch mal zur Kontrolle hin, aber sie glauben, es ist negativ.

– Glauben oder wissen sie das?

– Was weiß man schon? sagt sie. Die Hälfte der Zeit spekulieren die doch nur.

– Aber bei solchen Sachen ...

– Sie spekulieren, sagt sie.

 Er schweigt.

– Und dann hat mein Doktorvater auch noch beschlossen, daß ich innerhalb des nächsten halben Jahres abgeben muß.

– Und?

– Und was?

– Geht das nicht?

– Charlie, sagt sie. Mein Lieber. Hörst du eigentlich nie zu, wenn ich was sage?

– Warum sagst du das?

– Warum ich das sage? Weil ich dir oft genug erzählt habe, daß ich mindestens noch ein paar Jahre brauche. Es ist ja nicht so, als hätte ich keine Arbeit. Und wenn ich nach einem ganzen Tag im Laden nach Hause komme, habe ich kaum Lust, über Poussin nachzudenken. Und ich habe auch keine Lust, irgendeine zusammengestümperte, halbdurchdachte Arbeit einzureichen, nur um den erbärmlichen Anforderungen gerecht zu werden. Ich bin sechsunddreißig, Charlie, und ich habe wohl das Recht, diese Arbeit für mich zu schreiben, und nicht einfach die Anforderungen der ruhmreichen Universität von London zu erfüllen. Ich hab ihm gesagt, daß ich abgebe, wenn ich fertig bin, und keinen Tag früher.

– Was hat er gesagt?

Sie lacht. – Die haben Angst vor mir, sagt sie. Alle. Alle diese Oberschlauen. Eine wie ich ist denen noch nicht untergekommen. Er hat gesagt, daß es unter Umständen schwierig sein könnte und daß sie dafür sorgen müßten, daß die Studenten bla bla bla, und ich habe ihn angelächelt, und schon war er still.

– Charlie, sagt sie nach einer Weile. Ob du mir ein Glas

Wein holst? Da ist noch Weißer im Kühlschrank. Und wenn du ein braver Junge bist, dann blas ich dir einen.

VI

Dorothy dreht sich in ihrem Stuhl und schaut sich um. Der Raum ist unpersönlich und Grau in Grau, genau wie der Mann hinter dem Tisch. Die Fenster sind dreckig, von innen und außen. Oder vielleicht sind sie auch extra so, damit die Leute weder rein- noch raussehen können.

Der Mann hinter dem Tisch räuspert sich. – Sie sagten ...? sagt er.

– Es tut mir leid, sagt Dorothy. Ich war eben abgelenkt.

Der Mann greift nach einem goldenen Stift und kritzelt auf ein weißes Papier vor ihm.

– Es ist sehr schwierig, sagt Dorothy. Ich habe mich noch nie in einer vergleichbaren Situation befunden.

Ohne den Mund zu öffnen, lächelt der Mann sie an. – Alles, was wir unternehmen, ist absolut vertraulich, sagt er.

– Selbstverständlich, sagt Dorothy.

Der Mann legt seinen Kopf schräg und sieht sie an. Er wartet.

Dorothy hebt gerade zu sprechen an, als er sagt: – Nehmen Sie sich Zeit. Bitte. Nehmen Sie sich soviel Zeit, wie Sie möchten.

Von seinen Worten verwirrt, sieht sie sich erneut außerstande, etwas zu sagen.

Der Mann wartet und kritzelt weiter auf dem Blatt herum.

– Es ist so, sagt Dorothy schließlich. Mein Mann ist verschwunden.

Der Mann scheint sie nicht gehört zu haben. Dorothy spricht weiter: – Vor fünf Tagen habe ich einen Zettel von ihm gefunden, im Flur. Da stand: Bin unter Umständen für ein paar Tage weg. Mach dir keine Sorgen. Tony.

Sie greift in ihre Tasche und reicht ihm den Zettel. Er streicht ihn auf dem Blatt, auf dem er herumgekritzelt hat, glatt und sieht ihn sich genauer an.

– Bin unter Umständen für ein paar Tage weg. Mach dir keine Sorgen. Tony, wiederholt sie.

Der Mann langt in seine Schreibtischschublade, holt eine rechteckige Lupe heraus und sieht sich den Zettel noch genauer an. Dorothy wartet.

Der Mann richtet sich auf und sieht sie an. – Er heißt Tony? fragt er.

– Ja, natürlich. Das steht da doch. Mach dir keine Sorgen. Tony.

Der Mann beugt sich erneut über den Zettel.

Sie wartet.

Schließlich richtet er sich wieder auf, schiebt den Zettel zur Seite und sieht sie an. – Weiter, sagt er.

– Weiter?

Er nickt.

– Selbstverständlich mache ich mir Sorgen, sagt sie. So was hat es noch nie gegeben. Wir sagen uns immer alles. Wir führen eine ganz offene Beziehung. Ich hatte auch überlegt, zur Polizei zu gehen. Aber ich habe mich dagegen entschieden.

– Sehr weise, sagt der Mann.

– Wieso?

Der Mann zuckt mit den Schultern, hebt ein wenig die Augenbrauen, und um seine Lippen spielt ein Lächeln, als wolle er sagen, das liegt doch auf der Hand.

– Ich dachte, ich warte noch, sagt sie.

Der Mann nickt. Er stützt seine Ellbogen auf die Armlehnen seines Stuhls und drückt seine Hände gegeneinander, so daß die Mittelfinger knapp die Nase berühren und die Zeigefinger die Stelle unter der Unterlippe.

– Und dann erhielt ich heute das mit der Post, sagt sie.

Sie greift wieder in ihre Tasche und holt einen Briefumschlag heraus. Sie reicht ihn ihm.

Er beugt sich über den Tisch und nimmt den Umschlag, zieht den Brief heraus, faltet ihn auf dem Blatt vor ihm auf und liest ihn.

– Alles in Ordnung, sagt sie. Mach dir keine Sorgen. Bin bald zurück. Tony.

Der Mann scheint sie nicht gehört zu haben. Erneut greift er in seine Schublade, erneut taucht er mit der rechteckigen Lupe wieder auf. Er beugt sich über den Brief.

Schließlich richtet er sich auf und sieht sie über die Lupe hinweg an. – Dieselbe Schrift, sagt er.

– Natürlich ist es dieselbe Schrift, sagt Dorothy. Die von Tony.

Der Mann lächelt sein flüchtiges Lächeln und nickt ein bißchen mit dem Kopf, als wolle er sagen, so sind sie, die Amateure.

Er seufzt und legt die Lupe zurück in die Schublade, faltet den Brief und steckt ihn wieder in den Umschlag. Den Umschlag legt er zur Seite, neben den Zettel.

– Ich möchte, daß Sie ihn finden, sagt sie.

Der Mann seufzt tief, als sei eine langersehnte Erleichterung endlich eingetreten. Er nimmt den Brief und legt ihn auf das Blatt Papier vor ihm. Er starrt auf den Umschlag.

– Haben Sie bei ihm im Büro angerufen? fragt er, ohne hochzusehen.

– Er ist jeden Tag dort gewesen, sagt sie.

– Haben Sie versucht, mit ihm zu sprechen?

– Ja. Er scheint immer beschäftigt.

– Verstehe, sagt der Mann.

Er hebt seinen Blick von dem Umschlag und schaut ihr in die Augen. – Sie haben nicht versucht, ihn persönlich im Büro aufzusuchen?

– Nein.

– Verstehe. Er nickt nachdenklich und kräuselt seine Lippen. – Falls ich diesen Fall übernehme, sagt er, bin ich auf Ihre Mitarbeit angewiesen.

– Selbstverständlich, sagt Dorothy.

– Haben Sie sich unsere Geschäftsbedingungen durchgelesen?

– Ihre Sekretärin hat sie mir im Wartezimmer gegeben, sagt sie.

– Haben Sie sie gelesen?

– Ich mußte schließlich lange genug warten.

Der Mann lächelt sein flüchtiges Lächeln. – Wir finden, es ist besser für unsere Klienten, wenn sie sich bereits vor dem ersten Gespräch darüber im klaren sind, was wir leisten und was wir nicht leisten können, sagt er.

– Verstehe.

– Sind Sie einverstanden mit den Geschäftsbedingungen?

– Ich möchte, daß Sie meinen Mann finden, sagt sie. Ich möchte nicht, daß er weiß, daß ich ihn suche. Ich möchte, daß Sie mir Bericht erstatten.

– Ich verstehe, sagt der Mann.

– Wieviel kostet das?

– Wie soll ich das zum jetzigen Zeitpunkt einschätzen können? sagt der Mann.

– Natürlich, sagt sie. Das leuchtet mir ein. Aber falls es nicht zu kompliziert ist, sprechen wir eher über ein paar Hundert oder Tausend? Möglicherweise kann ich Sie mir nicht leisten.

– Sagen wir mal ein paar Hundert, sagt der Mann. Vorausgesetzt, es gibt keine Komplikationen.

– Natürlich, sagt sie.

– Falls es welche gibt, wende ich mich zunächst an Sie und frage Sie, wie Sie weiter verfahren möchten, sagt er. Das ist, wie wenn Sie ein Auto zur Inspektion bringen. Über unvorhergesehene Probleme unterrichtet Sie die Werkstatt, und behoben werden sie nur, wenn Sie den Mehrkosten zugestimmt haben.

– Ich verstehe.

– Falls Sie mich mit diesem Fall beauftragen möchten – und ich muß wohl nicht eigens darauf hinweisen, daß unsere gesamte Arbeit hier persönlich und vertraulich behandelt wird –, falls Sie mich mit diesem Fall beauftragen möchten, dann muß ich Sie bitten, diesen Vertrag hier zu unterschreiben und mich mit allen nötigen Informationen zu versorgen.

– Was denn für Informationen? fragt sie, als sie das ausgedruckte Blatt, das er ihr über den Tisch reicht, entgegennimmt.

– Das Übliche, sagt er. Ein aktuelles Foto. Seine Büroadresse.

Sie legt das ausgedruckte Blatt auf ihre Seite des Schreibtisches und greift wieder in ihre Tasche. Sie überreicht ihm ein Foto. Er legt es auf das Blatt Papier vor ihm und sieht es sich an, diesmal ohne die Lupe.

Sie liest rasch das ausgedruckte Papier, holt einen Stift aus ihrer Tasche und unterzeichnet es. Sie reicht es ihm zurück.

– Was halten Sie von ihm? fragt sie.

– Vom Foto?

– Ja.

– Es ist angemessen.

– Ich meine den Mann auf dem Foto.

– Es ist angemessen, wiederholt er.

Er legt das Foto hin und nimmt das ausgedruckte Papier, das sie ihm wiedergegeben hat. Er liest es sorgfältig durch und malt hier und da mit seinem goldenen Stift ein Häkchen hinter einen Absatz.

– Wie möchten Sie zahlen? fragt er.

– Wie?

– Mit Kreditkarte? Oder per Scheck?

– Lieber per Scheck.

– In Ordnung. Wie Sie sehen, benötigen wir eine Anzahlung von Ihnen, aus naheliegenden Gründen. Können Sie ihn auf den Betrag hier oben ausstellen?

Er reicht ihr das ausgedruckte Papier zurück.

Sie holt ihr Scheckheft aus der Tasche und füllt den Scheck aus. Sie gibt ihn ihm.

Er sieht ihn sich an und legt ihn dann auf den Tisch neben das Foto, den Brief und den Zettel.

– Gut, sagt er und lächelt sie an.

Er steht auf, geht um den Schreibtisch herum zu ihrer Seite, streckt seine Hand aus. Daraufhin steht sie auf, und da sie ihm nicht die Hand reicht, nimmt er ihren Ellbogen und begleitet sie aus der Tür.

– Haben Sie keine Angst, sagt er. Sie werden Ihre Informationen im Handumdrehen bekommen.

– Ich möchte nicht, daß er das weiß, sagt sie. Das würde ihn zutiefst verletzen. Wir waren immer offen miteinander. Das ist die Basis unserer Ehe.

– Selbstverständlich, sagt er. Sie brauchen keine Angst zu haben. Hier bei Buttons sind wir alle Profis. Er wird nie etwas erfahren.

VII

Es war schwer, die drei Treppen hochzugehen, aber es ist noch schwerer, sie wieder hinunterzukommen. Dorothy hat das Gefühl, kaum atmen zu können. Draußen auf der Straße versucht sie sich zu sammeln, aber sie ist so schwach, daß sie sich gegen die Hauswand lehnen muß.

Auf der gegenüberliegenden Seite der belebten Straße lockt das Café Nero. Sie wartet an der Ampel und geht zusammen mit der Menschenmenge rüber. Drinnen ist es auf einmal kühl und dunkel. Sie stellt sich für ihren Kaffee an, bezahlt und sucht nach einem Platz. Sie entdeckt einen Tisch am Fenster und läßt sich auf den Stuhl gleiten. Vorsichtig öffnet sie das Zuckerpäckchen und schüttet den Inhalt in ihre Tasse.

– Dot!

Sie sieht hoch zu dem Mann, der ihr gegenübersitzt.

Als er ihren verwunderten Blick bemerkt, sagt er: – Charlie.

– Charlie!

– Dachte ich doch, daß du das bist.

– Was machst du hier?

– Ich hab jemanden besucht.

– Ach so.

– Und du?

– Ich hatte in der Nähe zu tun.

Er starrt sie an. – So schön, dich zu sehen, sagt er.

– Gleichfalls.

Sie rührt ihren Kaffee um und nimmt einen Schluck. Dann bemerkt sie seinen Blick. – Was ist los?

– Nichts. Wieso?

– Du hast mich angestarrt.

– Ja?

– Ist was mit meinen Haaren?

– Mit deinen Haaren?

– Jetzt komm schon! sagt sie.

– Tut mir leid. Du bist ... blaß.

– Ich hatte eine anstrengende Zeit.

– Ach?

– Wie geht's Bea?

– Gut. Gut. Wir hatten uns ja fast getrennt, wie du weißt.

– Ja.

– Dann hat sie sich's anders überlegt.

– Ja.

– Ich könnte ohne sie nicht leben, sagt er. Ohne die Kinder. Weißt du?

– Natürlich.

– Sie weiß es auch.

Er schweigt und spielt mit seinem Löffel.

– Es ist aber immer noch schwierig zwischen uns, sagt er.

– Das war es schon immer, sagt sie, und auf einmal lacht sie und gewinnt ihre Fassung zurück.

– Ja?

– Ja, oder nicht?

– Hat sie dir das gesagt?

– Mir vertraut sie gar nichts an. Das weißt du doch.

– Sie hat immer das Gefühl, daß du sie verurteilst.

– Das tue ich auch.

– Sie hat das Gefühl, daß sie deinen moralischen Maßstäben nicht gerecht werden kann.

– Das kann sie auch nicht.

– Immer noch so resolut?

– Wie soll man sich denn ändern, Charlie? In unserem Alter?

– Genau das hält uns zusammen, sagt er. Wir wissen, daß wir uns beide nicht ändern können. Nicht wirklich.

– Bea wollte sich immer ändern, sagt sie. Das ist das erste, woran ich mich bei ihr erinnere. Vom Wildfang zum Girlie, vom Girlie zum Blaustrumpf, vom Blaustrumpf zum heißen Feger, vom Feger zu einer ich weiß nicht was.

– Genau das meine ich, sagt er. Jetzt wird ihr klar, daß sie einfach so ist. Daran kann sie nichts ändern.

– Kann nichts dran ändern, sich ewig ändern zu wollen.

Er lacht. –Jetzt machst du dich lustig, sagt er.

– Nein. Ernsthaft.

– Und Tony?

– Was ist mit Tony?

– Wie geht's ihm?

– Gut. Gut.

– Grüß ihn schön von mir, ja?

– Mach ich. Ihr müßt in den nächsten Tagen mal wieder vorbeikommen.

– Danke.

Er zündet sich eine Zigarette an.

– Gibst du mir auch eine, Charlie, sagt sie.

– Ich dachte, du hast aufgehört?

– Jetzt brauche ich eine.

Er gibt ihr Feuer, sie inhaliert und stößt den Rauch wieder aus, langsam und genußvoll. – Wahrscheinlich nicht gesund, sagt sie, aber es gehört wirklich zum Schönsten im Leben.

Er zuckt die Schultern.

– Weißt du was, sagt sie, jedesmal, wenn ich dich sehe, siehst du französischer aus.

– Das hast du schon früher immer gesagt.

– Es stimmt immer noch.

– Heruntergekommener.

– Ja, aber auf eine sehr französische Weise.

Plötzlich drückt sie ihre Zigarette aus. – Ich muß los, sagt sie.

– Schon?

Sie steht auf. Er auch, auf der anderen Seite des niedrigen Tischchens.

– Dot, sagt er. Darf ich das sagen? *Du* siehst jedesmal noch schöner aus.

– Danke, sagt sie.

– Es macht dir nichts aus, wenn ich das sage?

– Warum sollte es mir was ausmachen?

– Keine Ahnung.

– Mach's gut, sagt sie.

Er beugt sich über den Tisch und küßt sie. – Du auch, Dot, sagt er.

VIII

Wenn Beatrice an der U-Bahn-Station Russell Square in den Aufzug steigt, versucht sie sich immer an den Rand zu stellen. Normalerweise gelingt ihr das nicht, weil bereits zu viele Leute in dem Metallkasten versammelt sind, und sie findet sich damit ab, eingequetscht in der Mitte zu stehen, die Augen geschlossen.

Genauso steht sie da, gedankenverloren, als sie eine Hand auf ihrem Arm spürt. Ohne die Augen zu öffnen, dreht sie sich weg, aber der Druck auf ihrem Arm bleibt. Verärgert öffnet sie die Augen und blickt in ein vertrautes Gesicht.

– Alfonso! ruft sie.

Das Gedränge ist zu groß, als daß man sich unterhalten könnte oder wollte, also warten sie, sich gegenseitig anlächelnd, bis der Aufzug zum Stillstand kommt und die Türen sich öffnen.

– Wohin mußt du? fragt er.

– Knightsbridge.

– In die Richtung muß ich auch.

– Arbeitest du immer noch für Professor Pennington? fragt er, als sie sich zum Bahnsteig durchkämpfen und dort stehenbleiben, um auf den Zug zu warten.

– Mhmm.

– Vor ein paar Tagen dachte ich ja, wir würden dich noch sehen, sagt er.

– Ach?

– Wir waren zum Essen bei Tony und Dorothy, als du da angerufen hast.

– Hat sie erzählt, daß ich angerufen hab?

– Natürlich.

– War das eine Dinnerparty?

– Nur ein paar Leute.

– Und sie hat's euch allen erzählt?

– Mhmm.

– Diese blöde Kuh.

– Sie hat nur gesagt, daß du kommst.

– Sie hat nicht gesagt, warum?

– Nein.

– Aha.

– Aber du bist nicht gekommen.

– Nein. Ich hatte es mir anders überlegt.

– Warum?

– Das ist zu kompliziert jetzt.

– Wie geht's Charlie?

– Gut. Eigentlich wollte ich kommen, weil ich geplant hatte, ihn zu verlassen.

– Wirklich?

– Ich hab's nicht mehr ausgehalten, Alfonso.

– Was hast du nicht mehr ausgehalten?

– Die Lügen. Den Betrug. Die Frauengeschichten.

– Aber das ist Charlie.

– Weiß ich.

– Das wußtest du, als du ihn genommen hast.

– Er hat Besserung gelobt.

Die Bahn fährt ein, und sie suchen sich einen Platz.

– Warum bist du dann doch nicht gekommen?

– Er hat Besserung gelobt.

Er sieht sie an, und beide brechen gleichzeitig in Gelächter aus.

– So einfach ist es nicht, sagt sie.

– Einfach ist es nie, sagt er.

– Er hat mich angefleht zu bleiben, sagt sie.

– Na klar, sagt er.

– Er hat gesagt, ohne uns wäre er verloren.

– Na klar, sagt er noch mal.

– Ich weiß nicht, warum ich ihm das geglaubt hab, sagt sie.

– Du hast ihm nicht geglaubt, sagt er. Du wolltest es ihn nur sagen hören.

– Meinst du?

– Hm-mhm.

– Wieso?

– Man braucht diese Sachen.

– Selbst wenn man sie nicht glaubt?

– Selbst wenn man sie nicht glaubt.

Sie schweigt, während sie das verarbeitet.

Schließlich sagt sie: – Es ist schön, dich zu sehen, Alfonso.

– Gleichfalls.

– Wie geht's dir so?

– Ach, weißt du, Beatrice, es muß ja.

– Und Deirdre?

– Ihr geht's gut. Sie hat gekündigt.

– Gekündigt? Aber ihr hattet doch all diese Vorteile. All diese Restaurants, in die ihr gehen konntet.

– Sie hatte es satt, immer alles bewerten zu müssen, was sie aß. Auch wegen ihrer Verdauung, du weißt schon. Jetzt schreibt sie ihre Bücher und reist als Jurorin für alle möglichen Kochwettbewerbe um die Welt.

– Nicht schlecht.

– Sie steigt in hübschen Hotels ab, in denen oft schon Nachrichten von irgendwelchen Leuten auf sie warten, die gehört haben, daß sie in der Stadt ist, und nur sagen wollten, daß ihre Großmütter immer so köstlich dieses und jenes machten und daß sie das Rezept noch haben, und ob sie vorbeikommen möchte, um zu probieren, falls sie mal einen Abend Zeit hat, und was das für eine Ehre wäre und so weiter.

– Klingt nach einem tollen Leben. Fährst du mit?

– Manchmal. Meistens bleib ich lieber hier. Außerdem reist sie lieber allein.

– Wirklich?

– So kann sie junge Männer aufgabeln, wenn ihr der Sinn danach steht.

– Nein!

– Nein, sagt er. Zumindest glaube ich das nicht.

– Ich hab kurz gedacht, du meinst das ernst.

– Deirdre mag Essen, und sie mag ihren Komfort, sagt er. Ich glaube, mich mag sie auch. Aber ob sie Sex mag, da bin ich nicht so sicher.

– Ich weiß nie, wann du mich auf den Arm nimmst, Alfonso.

Er lächelt zufrieden und streicht sich über den Bart.

– Sie nimmt wohl nie zu, sagt sie.

– Nein, sie ist schlank wie ein junges Mädchen.

– Das Miststück.

– Selbst ich beneide sie, sagt Alfonso.

– Du bist auch ganz schön schlank, Alfonso.

– Leider nicht, sagt er. Alles gut kaschiert, weißt du.

– Hier muß ich raus, sagt sie.

– Ich ruf dich in den nächsten Tagen mal an, sagt er.
Ich vereinsame, wenn Deirdre weg ist.

– Mach das, sagt sie. Es wäre schön, dich zu sehen, Alfonso.

IX

– Ich habe Fotos, sagt Dorothy am Telefon. Es gibt keinen Zweifel.

– Wie, du hast Fotos? sagt Deirdre. Woher willst du Fotos haben?

– Ich habe einen Detektiv beauftragt, sagt Dorothy. Der hat Fotos gemacht.

– Das hättest du nicht tun sollen, sagt Deirdre.

– Ich war am Ende, sagt Dorothy. Ich war verrückt vor Sorge. Es ist mir nie in den Sinn gekommen, daß es so unendlich banal sein könnte.

– Es könnte eine Erklärung geben, sagt Deirdre. Warte erst mal ab, bis du seine Seite der Geschichte hörst.

– Er ist bisher nicht nach Hause gekommen. Es sieht auch nicht so aus, als hätte er die Absicht, je nach Hause zu kommen. Aber hier haben wir es schwarz auf weiß.

– Die Dinge sind nie schwarz-weiß, sagt Deirdre.

– Hier schon, sagt Dorothy. Obwohl es Farbfotos sind.

– Es sind doch nur Fotos, sagt Deirdre.

– Wie, nur Fotos? sagt Dorothy. Sie zeigen ihn Arm in Arm mit seiner Sekretärin. Mit seiner Sekretärin! Daß so was verboten gehört, kann nur ein Mann übersehen, der von allen guten Geistern verlassen ist.

– Ich glaube immer noch, daß es eine Erklärung geben könnte, sagt Deirdre.

– Sie ist nicht mal hübsch, sagt Dorothy, sie ist altbacken und ... reizlos.

– Vielleicht nur in deinen Augen, sagt Deirdre.

– Nein, sagt Dorothy. Ganz objektiv. Wenn wir uns sehen, zeig ich dir die Fotos.

– Fotos können lügen, sagt Deirdre.

– Können sie nicht, sagt Dorothy. Sie zeigen die Wahrheit, wie sie ist.

– Woher weißt du das?

– Ich kenne die Frau, sagt Dorothy. Sie war mal bei uns zu Hause. Ich kann mir im Leben nicht vorstellen, daß Tony sich mit der eingelassen hat.

– Du konntest dir auch nicht vorstellen, daß Tony sich überhaupt mit irgend jemandem einläßt, sagt Deirdre.

– Nein, sagt Dorothy. Das, was zwischen uns war, war viel zu kostbar dafür.

– Na also, sagt Deirdre. Dann muß es also eine andere Erklärung geben.

– Er wohnt bei ihr in Southend-on-Sea.

– Wo?

– Southend-on-Sea.

– Woher weißt du das?

– Hat der Detektiv gesagt.

– Es war ein Fehler, zu einem Detektiv zu gehen, sagt Deirdre.

– Ich war außer mir vor Sorge, sagt Dorothy. Zwei Zettel mit der Nachricht, daß es ihm gutgeht und ich mir keine Sorgen machen soll. Reicht das nicht aus, um krank zu werden vor Sorge?

– Vielleicht ist es ein Film, sagt Deirdre. Vielleicht macht er bei einem Film mit.

– Wieso sollte Tony bei einem Film mitmachen?

– Vielleicht sollte es eine Überraschung sein, sagt Deirdre. Für deinen Geburtstag.

– Mein Geburtstag ist noch ewig hin.

– Na ja, für so einen Film braucht man schon eine Weile.

– Arm in Arm mit ihr, sagt Dorothy. Und sie ist nicht mal hübsch. Das ist so erniedrigend.

– Und du hast nichts von ihm gehört?

– Ich kann's nicht fassen, sagt Dorothy. Nicht nach allem, was zwischen uns war.

– Was hat der Detektiv sonst noch berichtet?

– Heutzutage hat jeder eine Kamera, sagt Dorothy. Verkehrspolizisten haben Kameras. Die fotografieren deine Windschutzscheibe. Als Beweis dafür, daß du keinen Parkzettel hattest.

– Was hat das damit zu tun?

– Winzig kleine Dinger, sagt Dorothy. Und trotzdem machen sie supergenaue Bilder. Sie trägt einen Hosenanzug. Ich bitte dich. Das ist so ... sekretärinnenhaft.

– Was hat er noch gesagt?

– Er ist noch nicht fertig mit seiner Recherche.

– Du mußt ihn damit konfrontieren, sagt sie. Ruf ihn im Büro an und bring ihn dazu, mit dir zu sprechen.

– Er läßt sich verleugnen.

– Dann geh hin und konfrontier ihn damit.

– Nein, sagt Dorothy. Ich werde mich nicht derart erniedrigen. An der Uni hatte ich einen Tutor, sagt sie, der sich in der Trennung von seiner Frau befand, und die platzte gern mal samt Einkäufen und gemeinsamem Söhnchen in unser Seminar und schmiß mit Sachen nach ihm, die sie aus den Einkaufstaschen zerrte, und schrie ihn dabei fürchterlich an. Und ich saß da und hatte gerade zur Hälfte mein Referat verlesen. Da hab ich mir geschworen, mich nie im Leben auf diese Ebene zu begeben.

– Aber du bist nicht auf ihrer Ebene, sagt Deirdre. Du willst doch nur wissen, was los ist.

– Ich werde warten, bis er es mir sagt, sagt sie. Und dann lasse ich mich scheiden.

– Ach komm, Dot, sagt Deirdre. Da sind wir noch lange nicht.

– Oh, und ob wir das sind, sagt Dorothy.

– Und Sam?

– Das hätte er sich überlegen können, bevor er bei seiner Sekretärin in Southend-on-Sea eingezogen ist.

– Wer sagt denn, daß er bei seiner Sekretärin eingezogen ist? sagt Deirdre.

– Mein Detektiv zum Beispiel.

– Und du glaubst, was er sagt?

– Ich bezahl ihn doch dafür, daß er das rausfindet.

– Der ist auch nur ein Mensch, sagt Deirdre. Ihm kann genauso gut ein Fehler unterlaufen sein.

– Glaubst du, der wäre noch im Geschäft, wenn ihm derartige Fehler unterliefen?

– Ich mein ja nur, sagt Deirdre, daß er auch nur ein Mensch ist. Fehler passieren. Du mußt abwarten, bis du mehr weißt.

– Fotos lügen nicht, sagt Dorothy. Ich habe sie als altbacken in Erinnerung, und genau das ist sie. Mit einem schwarzen Hosenanzug. Die Art, die Typberater dir empfehlen, wenn du ein Imageproblem hast.

– Typberater? sagt Deirdre. Imageproblem? Wovon redest du?

– Ich habe eine Sendung darüber im Fernsehen gesehen, sagt Dorothy. Du zahlst ihnen einen Haufen Geld, damit sie dein Selbstwertgefühl heben, und sie sagen dir, was du anziehen sollst. Und heben dein Selbstwertgefühl.

– Wie einst die Psychoanalytiker, sagt Deirdre.

– Psychoanalytiker haben einem nie gesagt, was man anziehen soll, sagt Dorothy. Die waren notorisch schlecht angezogen, immer.

– Das meine ich nicht, sagt Deirdre. Dot, sagt sie, willst du nicht vorbeikommen und darüber reden?

– Ich hab drei Nächte nicht geschlafen, sagt Dorothy. Nicht zu fassen, was ich durchmache.

Deirdre schweigt.

– Das ist ein schlechter Witz, sagt Dorothy. Bei seiner Sekretärin in Southend-on-Sea zu wohnen.

– Wie schätzt der Detektiv das ein?

– Ich habe ihn nicht bezahlt, damit er irgendwas einschätzt, sagt Dorothy. Ich habe ihn bezahlt, damit er die Fakten ermittelt.

Deirdre schweigt.

– Bist du noch da? fragt Dorothy nach einer Weile.

– Ja, sagt Deirdre.

– Irgendwann muß er ja nach Hause kommen, sagt Dorothy. Alle seine Sachen sind hier.

– Vielleicht hat er Angst, nach Hause zu kommen, sagt Deirdre.

– Angst?

– Vielleicht hat er Angst, dich zu sehen.

– Er weiß, daß ich mich vernünftig verhalten würde, sagt Dorothy. Ich werde keinen Streit anfangen. Das ist nicht meine Art.

– Vielleicht wäre ihm ein Streit lieber, sagt Deirdre.

– Nicht meine Art, sagt Dorothy. Wenn er sich entscheidet, zu gehen und bei seiner Sekretärin zu wohnen, ist das seine Sache. Ich hab noch nie versucht, ihn zu halten. Un-

sere Beziehung hat noch nie auf einem Regelwerk basiert.
Das weiß er.

– Ich muß auflegen, sagt Deirdre. Alfonso wartet auf mich.

– Tut mir leid, sagt Dorothy. Ich wollte dich nicht aufhalten.

– Hast du gar nicht, sagt Deirdre. Hör zu, sagt sie, ich ruf dich morgen an. Aber zieh bis dahin keine voreiligen Schlüsse, bitte. Nicht, bis du mit Tony gesprochen hast. Okay?

– Die Schlüsse ziehen sich von selbst, sagt Dorothy. Die Schlüsse sind, daß er sich und mich erniedrigt hat, indem er mich ohne Erklärung verlassen und zu dieser altbackenen Frau im Hosenanzug in Southend-on-Sea gezogen ist.

– Ja, sagt Deirdre. So sieht es im Augenblick aus, aber laß uns abwarten, wie sich alles entwickelt, okay?

– Tut mir leid, daß ich dich aufgehalten hab, sagt Dorothy.

– Blödsinn, sagt Deirdre. Dafür sind Freunde doch da.

– Hand in Hand, sagt Dorothy. Mit dem Meer im Hintergrund. Nicht zu fassen.

– Mach's gut, Süße.

– Nicht zu fassen, sagt Dorothy.

X

Als der Zug in Covent Garden hält und die Türen sich öffnen, steigt ein Mann ins Abteil, der mit zahlreichen Einkaufstüten bepackt ist. Erschrocken stellt Beatrice fest, daß es ihr Schwager ist.

– Tony! sagt sie.

Er setzt sich auf den freien Platz neben ihr und küßt sie auf die Wange.

– Was machst du so?

– Ich war ein bißchen shoppen.

– Fährst du nicht in die falsche Richtung?

– Und du?

– Ich treff noch jemanden.

– Ich auch.

– Mit all dem Zeug? Sieht aus, als wolltest du dich komplett neu einkleiden. Wie geht's Dorothy?

– Wir haben uns getrennt.

– Was?

Er schweigt.

– Was hast du gesagt?

– Ich habe gesagt, wir haben uns getrennt.

– Tony, sagt sie, das kann doch nicht sein.

– Warum nicht?

– Es kann einfach nicht sein.

Nach einer Pause sagt sie: – Was ist passiert?

– Nichts.

– Aber sie ist perfekt! sagt Beatrice.

– Mhmm.

Sie schweigt. Dann sagt sie: – Sie hat mir nichts erzählt.

– Hast du mit ihr gesprochen?

– Nein.

– Na also.

– Hast recht.

Nach einer Weile sagt sie: – Aber was ist passiert? Bist du ausgezogen? Wo wohnst du?

– Southend-on-Sea.

– Southend-on-Sea. Wieso?

– Da kann ich wohnen.

– Du hast sie sitzen lassen?

Er schweigt.

– Und Sam?

– Sie läßt mich nicht zu ihm. Wir versuchen, das irgendwie zu klären.

– Also steht es für dich fest? Im Ernst?

Er schweigt.

– Ach, Tony, sagt sie. Ihr beide wart so perfekt zusammen.

– Du bist süß, sagt er.

– Aber das stimmt. Ihr wart füreinander gemacht.

– Du mußt es ja wissen, sagt er.

– Wie meinst du das?

Er schweigt.

– Ah! sagt sie lachend. Verstehe.

– Selbst da, sagt sie. Selbst da war mir klar, daß ihr füreinander gemacht seid.

– So wie du und Charlie?

– Nein, nein. Wir sind da einfach reingeschlittert.

– Und woher weißt du, daß wir das nicht sind?

– Weil ihr füreinander gemacht seid.

Er schweigt.

– Du hast es mir selbst gesagt, sagt sie. Aber ich wußte es auch so. Erinnerst du dich?

– Ich war dumm, Bea.

– Das warst du nicht, sagt sie. Jetzt bist du dumm.

– Er schweigt.

– Red mit ihr, sagt sie. Vertragt euch wieder.

– Zu spät.

– Es ist nie zu spät.

– Hier schon.

– Das kommt so plötzlich, sagt sie. Ich kann das nicht glauben.

Er schweigt.

– Aber wieso Southend-on-Sea? sagt sie.

– Da kenne ich jemanden.

– Ah. Von der Arbeit?

– Mhmm.

– Und er läßt dich bei sich wohnen?

– Mhmm.

– Was hast du ihm gesagt?

– Es ist eine Sie.

– Eine Sie?

– Mhmm.

– Ach, Tony! sagt sie. Wieso?

Er zuckt die Schultern.

– Ich weiß nicht, was ich sagen soll, sagt sie. Und hier muß ich raus.

– Los. Dann raus mit dir.

– Ach, Tony. Geh zurück zu ihr.

Er schweigt.

– In einem halben Jahr hast du das vergessen, sagt sie.

– So ist das nicht, sagt er.

– Ach, Tony! sagt sie.

Er küßt sie. – Du bist süß, sagt er.

Sie steht auf dem Bahnsteig und winkt ihm zu, während die Türen sich schließen. Er lächelt durchs Fenster und winkt zurück.

XI

– So, so, sagt Charlie. Irgendwas zieht dich also doch immer wieder in diesen Teil der Welt. Er steht auf und küßt sie auf die Wange.

– Ich hab einen Termin. Ich bin zu früh, sagt Dorothy.

– Setz dich.

– Mit dir hab ich hier nicht gerechnet, sagt sie und nimmt ihm gegenüber am Fenster Platz.

– Haben wir uns das letzte Mal nicht auch hier getroffen?

– Doch.

– Na also.

Sie rührt ihren Kaffee um.

– Friseur? fragt er sie.

– Nein. Und du?

– Ich?

– Was bringt dich her?

– Hab ich dir doch erzählt. Ich habe eine Freundin in der Nähe. Sie wohnt hier um die Ecke.

– Ach ja, sagt sie. Hat Bea mir erzählt.

– Bea? Du redest mit ihr?

– Sie wollte doch zu uns ziehen. Weißt du nicht mehr?

– Ach das, sagt er. Das ist lange her.

– Ja, sagt sie. So kommt es einem jedenfalls vor.

Sie nimmt einen Schluck von ihrem Kaffee.

– Immer noch dieselbe Freundin? fragt sie.

– Du weißt, wie das ist mit Bea und mir, sagt Charlie.
Wir führen beide ein ziemlich unabhängiges Leben. Aber wir brauchen uns. Und die Kinder natürlich.

– Tony hat mich verlassen, sagt Dorothy. Er wohnt jetzt bei seiner Sekretärin in Southend-on-Sea.

– Wie bitte? sagt Charlie. Sag das noch mal.

– Tony hat mich verlassen. Er wohnt jetzt bei seiner Sekretärin in Southend-on-Sea.

Er lacht.

– Findest du das lustig? fragt sie.

– Nein, sagt er, entschuldige. Ich meinte nicht, daß du es noch mal sagen mußt. Ich hab nur mein Erstaunen zum Ausdruck gebracht. Aber dann hast du's noch mal gesagt. Und das war lustig. Deshalb habe ich gelacht.

– Es ist nicht lustig, sagt sie.

– Nein, sagt er. Das glaub ich wohl.

Sie nippt an ihrem Kaffee.

– Seit wann? fragt er.

– Seit vierzehn Tagen.

– Seit vierzehn Tagen?

– Er hat mir im Flur einen Zettel hinterlassen, auf dem stand, daß ich mir keine Sorgen machen soll und daß er in ein oder zwei Tagen zurück wäre, und seitdem hab ich nichts mehr von ihm gehört.

– Woher weißt du dann, daß er bei seiner Sekretärin in Southend-on-Sea wohnt?

– Ich habe einen Detektiv beauftragt.

– Du hast einen Detektiv beauftragt? Wie bist du denn an den gekommen?

– Ich habe in den Gelben Seiten nachgekuckt.

– In den Gelben Seiten? Hast du so was schon mal gemacht?

– Natürlich nicht. So was ist mir auch noch nie passiert.

– Aber du bist los und hast einen Detektiv beauftragt, den du in den Gelben Seiten aufgetan hast? Ich wußte nicht mal, daß die überhaupt in den Gelben Seiten stehen.

– Ich hab versucht, ihn im Büro zu erreichen, sagt sie, und man hat mir gesagt, er sei da, was in gewisser Weise eine Erleichterung war, denn ich hatte schon überlegt, zur Polizei zu gehen, aber ich wurde nie zu ihm durchgestellt, und obwohl ich Nachrichten hinterlassen habe, hat er nie zurückgerufen. Also hab ich einen Privatdetektiv damit beauftragt, herauszufinden, was los ist, und der hat den unschlagbaren Beweis erbracht, daß Tony in Southend-on-Sea wohnt, bei seiner Sekretärin.

– Was für einen unschlagbaren Beweis?

– Fotos. Farbfotos. Hand in Hand mit seiner Sekretärin, und im Hintergrund das Meer.

– Woher weißt du, daß es seine Sekretärin ist?

– Ich kenne sie. Tony hatte sie mal zu uns zum Essen eingeladen. Zusammen mit ihrem Zahnarztgatten.

– Und der Zahnarzt?

– Ich habe nicht die leiseste Ahnung.

– Das ist entweder ein böser Traum oder ein schlechter Witz, sagt Charlie.

– Nein, sagt Dorothy. Das ist die Wirklichkeit.

– Aber du und Tony, ihr wart füreinander gemacht, sagt Charlie.

– Das dachte ich auch, sagt Dorothy. Aber anscheinend denkt er anders.

– Und du glaubst nicht, daß es eine völlig harmlose Erklärung für alles geben kann?

– Und was für eine Erklärung sollte das sein?

– Keine Ahnung. Vielleicht ist er an einem Filmdreh beteiligt. Oder in geheime Antiterroraktionen verwickelt.

– Lustig, der menschliche Geist bewegt sich immer auf den gleichen ausgetretenen Pfaden, sagt Dorothy. Deirdre hat nämlich genau das gleiche gesagt.

– Deirdre Maragal?

– Mhmm.

– Na ja, vielleicht einfach, weil's die Wahrheit ist.

– Red keinen Unsinn, Charlie, sagt Dorothy.

– Ich finde, du solltest keine voreiligen Schlüsse ziehen, bevor du nicht mit ihm gesprochen hast, sagt Charlie.

– Genau darauf warte ich, sagt sie. Wenn er endlich mal kommt, um seinen Sohn zu besuchen.

– Du hast es Sam gesagt?

– Na klar. Wir verheimlichen uns nichts.

– Das mit der Sekretärin?

– Ich hab ihm die Fotos gezeigt.

– Die Fotos? War das nicht vielleicht eher unklug?

– Wieso unklug?

– Na ja, er ist ein Kind, das könnte ihn doch durcheinanderbringen. Seinen Vater mit einer hübschen jungen Frau zu sehen, Hand in Hand.

– Seine Sekretärin ist schlampig, Charlie, sagt Dorothy. Schlampig. Und kaum jung.

– Na ja, ich weiß nicht, Hand in Hand mit jemandem, der nicht du ist.

– Sam ist zwölf.

– Genau das meine ich.

– Früher sind Jungen in seinem Alter bereits arbeiten gegangen.

– Was hat das damit zu tun?

– Ich verheimliche nichts vor ihm.

– Aber wäre das nicht vielleicht besser?

– Wieso?

– Schon gut. Du mußt es wissen.

– Er ist mein Sohn, sagt sie. Und seiner.

– Wie soll das funktionieren?

– Wie meinst du?

– Na ja, wenn ihr ...

– Das ist kein Thema, sagt Dorothy. Sam bleibt bei mir. Selbstverständlich werde ich dafür sorgen, daß er seinen Vater regelmäßig sieht. Zu meinen Bedingungen.

Sie tupft mit der Serviette ihre Lippen ab und schaut auf die Uhr.

– Dein Termin, sagt er.

– Mhmm.

– Der Detektiv! sagt er. Natürlich! Wie blöd von mir! Aber warum telefoniert ihr nicht einfach?

– Er zieht es vor, mir die Fotos persönlich zu überreichen.

– Noch mehr Fotos?

– Danach sieht es aus.

Sie steht auf, und er erhebt sich mit ihr.

– Dot, sagt er und nimmt ihre Hände in seine. Es tut mir so leid. Falls ich irgend etwas tun kann ...

Sie lächelt ihn an. – Ich krieg das schon hin, sagt sie. Und außerdem hast du deine eigenen Probleme.

– Ach, sagt er, an die habe ich mich gewöhnt.

– Mach's gut, Charlie.

– Du auch, Dot.

Er bleibt stehen und sieht zu, wie sie sich zwischen den Tischen durchschlängelt. Als sie die Tür erreicht, eilt er ihr hinterher. Draußen holt er sie ein.

– Dot …

Überrascht dreht sie sich um.

– Ich dachte nur … Soll ich nicht vielleicht warten?

– Warten?

– Damit ich hier bin, wenn du fertig bist.

– Wozu?

– Ich dachte nur, es ist vielleicht besser für dich, wenn jemand da ist. Weißt du. Falls es dir irgendwie …

– Süß von dir, Charlie. Aber ich komm schon klar. Trotzdem vielen Dank.

Er sieht sie um die Ecke verschwinden.

XII

Bea steigt die Treppen im Haus am Hans Square hoch. Fahrstühle läßt sie links liegen, selbst wenn sie mit Einkäufen bepackt ist. Sie hat, zu Recht, das Gefühl, daß Städter sich zu wenig bewegen und grundsätzlich nie eine Gelegenheit verpassen sollten, für Ausgleich zu sorgen. Sie drückt eine Klingel im vierten Stock und öffnet dann die Tür.

– Hallo! ruft sie.

– Ich hab Tee gemacht, ruft Lionel zurück. Ich bin auf dem Balkon.

– Brauche ich eine Tasse?

– Ich habe zwei hier.

Sie setzt sich ihm gegenüber und gießt sich Tee ein.

– Hallo! sagt er und lächelt sie an.

Sie lächelt zurück. – Hallo.

Sie sitzen auf dem schmalen Balkon und sehen sich über den Tisch hinweg an.

Sie nippt an ihrem Tee. – Heiß, sagt sie.

– Frisch gekocht. Hier, nimm von der Zitronentarte.

– Deiner Zitronentarte kann ich nicht widerstehen, sagt sie.

– Die ist nicht von mir, sagt er. Ein kleiner Laden die Straße runter.

– Ich hab eben meinen Schwager getroffen, sagt sie. Er hat meine Schwester verlassen.

– Au weia! sagt Lionel.

– Ich versteh's nicht.

– Hat sie's dir denn nicht erzählt?

– Wir reden ja nicht so viel.

– Du meinst, ihr redet nie?

– Kaum. Für mich waren die immer eine sichere Burg. Falls irgendwas schiefgeht. Immer da. Weißt du? Das ist echt schwer zu fassen.

– Was hat er gesagt?

– Er hat gesagt, er ist ausgezogen.

– Hat er nicht gesagt, warum?

– Nein.

– Hat er eine andere?

– Das ist genau, was ich nicht kapiere, sagt sie. So was paßt nicht zu ihm. Aber am Ende hat er zugegeben, daß er bei einer anderen Frau wohnt.

– Noch Tee?

– Gern.

Sie hält ihm ihre Tasse hin.

– Das ist so untypisch, sagt sie.

– Solche Sachen sind nie logisch, sagt Lionel.

– Ich kapier das nicht, sagt sie.

– Das hat dich richtig umgehauen, was? sagt er und starrt sie an.

– Es kommt einfach so plötzlich. Ich mag mir nicht vorstellen, was meine Schwester durchmacht.

– Wo hast du ihn getroffen?

– In der U-Bahn. In der U-Bahn treffe ich ständig Leute, die ich kenne. Das muß ein Zeichen sein oder so.

Lionel nimmt ihre Hand und streichelt sie.

– Wenn er fünf Minuten später gekommen oder in einen anderen Wagen eingestiegen wäre, dann hätt ich's nie erfahren.

– Deine Schwester hätte es dir nicht gesagt?

– Ach, irgendwann hätte ich es vielleicht mitbekommen. Er hat es erst ganz am Ende so fallen lassen. Das mit dieser anderen Frau. Ich dachte zuerst, die haben sich vielleicht nur gestritten oder so.

– Vielleicht ist es nur eine Affäre.

– Tony hat keine Affären, sagt sie. Der nimmt sich alles zu Herzen.

– Wer ist sie?

– Die andere Frau?

– Mhm.

– Keine Ahnung. Hat er nicht gesagt. Er hat nur gesagt, daß er zu jemandem in Southend-on-Sea gezogen ist, und dann kam raus, daß es eine Frau ist. Ich komme gar nicht drüber hinweg.

– So was kommt vor, sagt Lionel und führt ihre Hand an seine Lippen und küßt sie sanft.

– Aber nicht bei denen, wirklich nicht, sagt sie.

Erneut küßt er ihre Hand. Sanft zieht sie sie zurück.

– Na ja, vielleicht eben doch, sagt sie.

Er bedrängt sie nicht.

Schließlich sagt er: – Man kann diese Dinge nicht verstehen. Man muß sie einfach akzeptieren.

– So ein Unsinn, sagt sie.

Er schweigt.

– Tut mir leid, sagt er. Ich hab's nicht so gemeint.

Er bedrängt sie nicht.

Sie schaut auf ihre Uhr. – Sollen wir ...? sagt sie.

– Ich war nicht sicher, ob du ...?

Sie lacht. – Dafür bin ich doch wohl hergekommen.

– Ich weiß nicht. Ich dachte ...

Sie steht auf. Er folgt ihr ins Schlafzimmer.

Er zieht die Vorhänge zu und nimmt die Tagesdecke vom Bett, faltet sie und legt sie über einen Stuhl.

Sie ziehen sich jeder in einer anderen Ecke aus und wenden den Blick voneinander ab, als sie sich ins Bett begeben.

Als er sich unter den Laken zu ihr dreht und sie umarmt, seufzt sie, wie jedesmal, und tiefer als jede andere Frau, die er je gekannt hat. Aber als er sie zu küssen versucht, schiebt sie ihn weg.

– Laß uns einfach ein bißchen so liegen, sagt sie. Sie drehen sich beide auf den Rücken.

– Worüber denkst du nach? fragt er sie.

– Über nichts.

– Über sie?

– Nein. Nichts.

Er schweigt.

Schließlich sagt sie: – Küß mich.

Er dreht sich um und stützt sich auf seine Ellbogen. Seine Augen sind geschlossen. – Küß mich, sagt sie noch mal.

Er beugt sich über sie und streicht mit seinen Lippen über ihre.

– Danke, sagt sie. Mach das noch mal.

Er macht es noch mal.

XIII

– Hast du kurz Zeit? fragt Dorothy.

– Na klar, sagt Deirdre. Ich fliege heute abend nach Johannesburg, fügt sie hinzu.

– Nach Johannesburg? Wieso?

– Ich bin bei einem Wettbewerb dabei.

– Bei einem Kochwettbewerb?

– Mhmm.

– So was gibt's auch in Südafrika?

– Da staunst du, was?

– Dann bist du bestimmt mit Packen beschäftigt. Ich ruf dich an, wenn du zurück bist.

– Nein, nein. Es ist schön, deine Stimme zu hören. Wie läuft's bei dir?

– Schrecklich, sagt Dorothy.

Deirdre wartet.

– Wir haben geredet, sagt Dorothy.

– Er war da?

– Schließlich und endlich, ja, sagt Dorothy.

– Und?

– Nichts.

– Wie meinst du das?

– Er wohnt bei seiner Sekretärin.

– Das wußtest du doch, sagt Deirdre.

– Du solltest sie sehen, sagt Dorothy. So ... plump. Und läuft rum wie eine ... Schrecklich.

– Das wußtest du doch alles, sagt Deirdre. Hat er irgendwas erklärt?

– Er hat gesagt, er wär mir nicht gewachsen.

– Nicht gewachsen?

– Er hat gesagt, ich wäre besser mit Pascal verheiratet.

– Mit welchem Pascal?

– Pascal. Dem Philosophen.

– Er hat gesagt, du wärst besser mit ihm verheiratet?

– Ja.

– Was soll das heißen?

– Woher soll ich das wissen? Das ist alles, was er gesagt hat. Daß er mir nicht gewachsen ist und daß ich besser mit Pascal verheiratet wäre. Oder mit Descartes.

– Ach so.

– Er hat gesagt, daß er mich verehrt, aber daß ich besser mit Pascal oder Descartes verheiratet wäre.

– Hat der einen Knall oder so?

– Keine Ahnung. Er hat gesagt, daß er Angst hat vor mir.

– Angst vor dir? Warum?

– Wenn du wüßtest, was ich für diesen Mann alles aufgegeben habe, sagt Dorothy.

– Du hast ihm dein ganzes Leben gewidmet, sagt Deirdre.

– Ich habe ihm gesagt, daß er Sam nur zu meinen Bedingungen sehen kann. Ich habe ihm gesagt, daß ich Fotos von ihnen beiden habe, Fotos, die ein Privatdetektiv gemacht hat. In Farbe.

– Was hat er gesagt?

– Er hat gesagt, er ist überrascht, daß ich mich in solche Niederungen begeben habe.

– Hast du ihm gesagt, wohin er sich seine Niederungen stecken kann?

– Hab ich.

– Hast du ihm gesagt, daß du vorhast, die Scheidung einzureichen?

– Hab ich.

– Was hat er gesagt?

– Er hat gesagt, daß er das alles nicht gewollt hat, aber daß er so nicht weitermachen könne. Daß ich sein Selbstwertgefühl zerstöre. Daß ich ständig dafür sorge, daß er sich klein und mickrig fühlt.

Deirdre schweigt.

– Ich habe ihm gesagt, daß ihm das mit Lola ganz bestimmt nicht passiert.

– Die heißt Lola?

– Ob du's glaubst oder nicht: ja.

– Ist sie Spanierin?

– Nein. Engländerin. Lola McKenzie.

– In meinen Ohren klingt das Schottisch, sagt Deirdre.

– Das ist der Name ihres Mannes, sagt Dorothy. Sie ist mit einem Zahnarzt verheiratet.

– Und wo ist er, der Zahnarzt?

– Der ist gestorben, an Krebs.

– Ach so, sagt Deirdre. Und was hat er gesagt?

– Wer?

– Tony. Als du gesagt hast, daß ihm das mit Lola ganz bestimmt nicht passiert.

– Er hat gesagt, genau so ist es. Daß er von Lola Anerkennung bekommt. Statt unentwegt bekrittelt zu werden.

Deirdre schweigt.

– Dann hat er angefangen zu weinen, sagt Dorothy. Und gesagt, daß er so gehofft hatte, mir gerecht werden zu können, und daß ich ihn immer inspiriert hätte und daß er immer nur mich lieben würde und daß ich der schönste und intellektuellste und perfekteste Mensch bin, den er je getroffen hat. Es war grauenhaft. Ich hab mir das eine Weile angehört, und dann habe ich ihn gebeten, damit aufzuhören, was er natürlich getan hat.

– Wieso natürlich?

– Wie meinst du das, wieso natürlich?

– Du hast gesagt, du hast ihn gebeten, damit aufzuhören, was er natürlich getan hat.

– Hab ich das?

– Ja.

– Weiß ich nicht, sagt Dorothy. Ich weiß nicht, warum ich das gesagt habe.

Deirdre schweigt, aber als klar wird, daß Dorothy nicht weiterredet, sagt sie: – Du willst also die Scheidung?

– Natürlich.

– Für mich klingt das, als wollte er zurückkommen, sagt Deirdre.

– Er hat mir das Herz gebrochen, sagt Dorothy. Aber du kennst mich. Ich würde ihn nie zurücknehmen. Und wenn er auf Knien rutscht.

– Nicht mal Sam zuliebe?

– Er hat etwas in mir zerstört, sagt Dorothy. Durch seine Torheit. Ich könnte ihn im Leben nicht zurücknehmen. Und wenn er auf Knien rutscht.

– Das sagst du jetzt, weil du wütend und gekränkt bist. Aber überleg mal, was ihr alles zusammen erlebt habt.

– Das werde ich nie vergessen, sagt Dorothy. Nie. Und du weißt, daß ich kein nachtragender Typ bin. Aber man muß Verantwortung für sein eigenes Handeln übernehmen. Man kann nicht einfach irgendwas machen und dann erwarten, daß alles so ist wie vorher. Sonst ist das Leben ohne Bedeutung.

Deirdre schweigt.

– Ein Teil von mir wird nie aufhören, ihn zu lieben, sagt Dorothy. Aber mir ist jetzt klar geworden, daß er immer schwach und unsicher war. Wenn er Angst vor mir hatte, dann ist das nicht meine Schuld, sagt sie. Außerdem, warum mußte er mich wegen dieser anderen Frau anlügen? Warum mußte er sagen, daß er für ein paar Tage weg ist und daß ich mir keine Sorgen machen soll?

– Er hat Angst vor dir, Dot, sagt Deirdre. Das hat er selbst gesagt.

– Könntest du mit einem Mann zusammenleben, der Angst vor dir hat? sagt Dorothy.

Deirdre denkt nach. Schließlich sagt sie: – Nein. Gott sei Dank war das nie ein Thema bei mir und Alfonso.

– Nein, sagt Dorothy. Wohl kaum.

– Was hast du jetzt vor? fragt Deirdre.

– Ich habe es ihm gesagt. Ich werde die Scheidung einreichen. Zu meinen Bedingungen.

– Zu deinen Bedingungen?

– Ich habe alle Karten in der Hand.

– Heutzutage hat nie einer alle Karten in der Hand, sagt Deirdre.

– Es ist egal, was das Gericht sagt, sagt Dorothy. Er wird tun, was ich sage.

– Es tut mir wirklich so leid, sagt Deirdre. Ich habe Tony gemocht.

– Ich habe ihn geliebt, sagt Dorothy. Aber er hat sich sein eigenes Grab geschaufelt.

– Ihr beide schient das perfekte Paar zu sein, sagt Deirdre. Ich glaube immer noch, da liegt ein Mißverständnis vor. Kannst du den Dingen nicht eine Chance geben und sehen, wie sie sich entwickeln?

– Du kennst mich, sagt Dorothy. Und Tony kennt mich. Ich bin konsequent. Ich mag keinen Hickhack.

– Bist du sicher, daß du das nicht bereuen wirst?

– Was denn bereuen? sagt Dorothy. Er mag irgendwann bereuen, was er getan hat, aber du kennst mich. Ich war meinen Prinzipien immer treu. Ich kann Tony gleichzeitig lieben und verachten. Das ist kein Widerspruch. Das ist das Wesen des Menschen. Und ich könnte mit niemandem zusammensein, den ich verachte, selbst wenn er auf Knien angerutscht käme und um eine Chance betteln würde. Verstehst du, was ich meine?

– Ich verstehe, Dot, ich verstehe, sagt Deirdre. Ich muß jetzt los. Mein Flug geht heute abend um sechs, und ich hab noch nicht mal mit Packen angefangen.

– Das wird nicht halten, sagt Dorothy. Das kann man aus Kilometern Entfernung sehen. Aber es ist das, was er wollte, und nun bekommt er es.

– Nächste Woche bin ich zurück, sagt Deirdre. Dann ruf ich dich an.

– Er wußte doch, wie ich bin, sagt Dorothy. Ich bin nicht nachtragend, aber was ich wirklich nicht ausstehen kann, sind Lügen und Ausflüchte.

– Ich weiß, was du meinst, sagt Deirdre.

– Schwachköpfen gegenüber hab ich keine Toleranz, sagt Dorothy. Aber Ehre, wem Ehre gebührt.

– Ich weiß, sagt Deirdre.

– Ich kann nicht anders, sagt Dorothy.

– Ich weiß, sagt Deirdre. Ich ruf dich an, sobald ich zurück bin.

XIV

– Tony hat Dot verlassen, sagt Bea zu ihrem Mann.

– Ich weiß, sagt Charlie.

– Wie, du weißt?

– Ich habe Dot gesehen. Sie hat's mir erzählt.

– Sie hat's dir erzählt? Wo hast du sie gesehen? Warum hast du mir nichts gesagt?

– Ich dachte, es sei vertraulich.

– Vertraulich? Seit wann vertraut Dot dir was an? Wo hast du sie gesehen?

– Ich war in einem Café in Kingsway, und da war sie auch.

– Was hast du denn in einem Café in Kingsway gemacht?

– Ich war mit jemandem in Covent Garden verabredet.

– Und Dot?

– Sie kam rein und hat sich zu mir an den Tisch gesetzt. Sie hat mich zuerst gar nicht erkannt.

– Und dann hat sie's dir erzählt? Einfach so?

– Woher weißt du es denn?

– Ich hab Tony in der U-Bahn getroffen. Er hat mir alles erzählt.

– Kurios, ausgerechnet in der U-Bahn.

– Ich hab einen Mann beobachtet, der mit diversen Tüten gekämpft hat, und dann fiel mir auf, daß es Tony ist.

– Was hat er denn mit all den Tüten gemacht?

– Ich glaub, er hatte eingekauft. Wenn ich's richtig verstanden habe, hat er all seine Klamotten zu Hause gelassen.

– Er hat sie einfach verlassen. Er ist zu seiner Sekretärin in Southend-on-Sea gezogen.

– Ich glaube, sie hat ihn dahin getrieben, sagt Beatrice.

– Wirklich? Warum?

– Ich hab so ein Gefühl.

– Weil sie deine Schwester ist?

– Vielleicht.

– Sie war ziemlich fertig, sagt Charlie. Sie konnte das alles gar nicht fassen.

– Zumindest wird sie das davon abhalten, mir die ganze Zeit Vorhaltungen zu machen, sagt Beatrice.

– Das ist ganz schön hart von dir, sagt Charlie.

– Tja, aber wahr.

– Sie ist zu einem Privatdetektiv gegangen, sagt Charlie. Ist sie nicht irre? Kennst du irgend jemanden außer ihr, der schon mal einen Privatdetektiv beauftragt hat?

– Nein, sagt Beatrice. Aber ihr ist ja alles zuzutrauen.

– Sie sagt, sie hat in den Gelben Seiten nachgekuckt, sagt Charlie. Er hat ihr Fotos beschafft. Von Tony und dieser Frau, Lola.

– Lola Whitehead? Die ist mit mir zur Schule gegangen.

– Warum sollte es ausgerechnet Lola Whitehead sein? Wahrscheinlich gibt's hier doch Tausende von Lolas.

– Hast du schon mal eine getroffen?

– Nein. Aber es muß Tausende geben. Also, jedenfalls sah man da Tony Hand in Hand mit dieser Frau und im Hintergrund das Meer. In Farbe.

– Wie meinst du das, in Farbe?

– Der Typ hat Farbfotos gemacht.

– Der Detektiv?

– Hat sie gesagt.

– Hat sie sie dir gezeigt?

– Nein, natürlich nicht. Sie war vollkommen aufgelöst.

– Insbesondere, wenn sie in dieser Verfassung von dir gesehen wird.

– Wieso von mir?

– Sie hat dich immer verachtet.

– Vergiß nicht, daß wir mal verlobt waren.

– Vergesse ich schon nicht. Ich wiederhole nur, was du mir erzählt hast.

– Stimmt, sagt Charlie.

– Sie tat mir leid, sagt er nach einer Weile.

– Mir tat Tony leid, sagt Beatrice. Sie muß ihn wirklich zu diesem Schritt getrieben haben.

– Viele Männer machen so was, ohne getrieben worden zu sein.

– Aber nicht Tony. Er ist ein Idealist. Er hat sehr viel in diese Ehe investiert.

– Vergiß nicht, daß er mal mein bester Freund war, sagt Charlie.

– Stimmt. Trotzdem tat er mir leid, sagt sie. Ich glaube nicht, daß er sich viel aus dieser Lola macht. Ich glaube, sie ist mehr ein Vorwand.

– Ein Vorwand? Wofür? Dafür, daß er Frau und Kind verläßt?

– Nein. Dafür, daß er eine unmögliche Situation beendet.

– Ihre Haare werden schon grau, sagt er.

– Grau?

– Es sind jedenfalls viele graue dazwischen.

– Ich hab auch ein paar.
– Ich weiß.
– Wir werden alle nicht jünger.
– Trotzdem. Siebenunddreißig.
– Da war Keats schon tot.
– Was hat das damit zu tun?
– Beethoven auch.
– Du meinst Mozart.
– Nein, ich meine Beethoven.
– Der ist viel später gestorben.
– Später als wer?
– Später als siebenunddreißig.
– Wirklich? Kommt alles aufs gleiche raus.
– Du redest ganz schönen Unsinn, weißt du das, sagt er.
– Das musste ich mir von dir schon öfter anhören.
– Offenbar bremst es dich nicht.
– Ich halte es nicht für Unsinn, darum.
– Was darum?
– Darum bremst es mich nicht. Verschwindest du jetzt bitte mal langsam aus der Küche, damit ich aufräumen kann?
– Ich stell die Sachen in die Maschine.
– Das hättest du doch schon längst tun können.
– Wir haben uns unterhalten.
– Kannst du dich nicht unterhalten *und* aufräumen?
– Nicht, wenn es ein ernstes Gespräch ist.
– Und das hier war ernst?
– Egal, sagt er und steht vom Tisch auf. Egal.
– Nein, sagt sie. Wie meinst du das?
– Egal, sagt er.
– Aber mir ist es nicht egal, sagt sie.

– Pech.

– Hör mal, sagt sie. Laß einfach alles stehen, ja? Laß alles stehen und verschwinde. Bitte. Ich bitte dich.

– Wie du wünschst, sagt er steif.

– Danke, sagt sie.

XV

– Hallo? sagt Charlie. Dot?

– Am Apparat.

– Hier ist Charlie.

– Charlie! Ich dachte doch, die Stimme klingt vertraut.

– Ich habe dich in dem Café nicht mehr gesehen, Dot. Ich hab mich gefragt, wie's dir wohl geht.

– Das ist sehr nett von dir, Charlie, sagt sie. Aber ich bin mit allem durch.

– Mit dem Detektiv?

– Ja.

– Tony ist wieder da?

– Wieder da? Nein. Natürlich nicht. Aber ich habe genug Material in der Hand, um die Scheidung einzureichen. Zu meinen Bedingungen.

– Das war's dann?

– Wie meinst du das, das war's dann?

– Es gibt kein Zurück?

– Das stand nie zur Debatte, sagt sie. Nicht, seit ich verstanden habe, was passiert ist. Natürlich ist das nicht Tonys Sicht der Dinge.

– Wieso nicht?

– Jetzt spricht er davon, daß er zurückkommen will.

– Aber du willst ihn nicht.

– Es ist keine Frage des Wollens, Charlie. Ich könnte nicht, selbst wenn ich wollte. Er hat mit dem, was er getan hat, das Vertrauen zwischen uns für immer zerstört. Danach gibt es kein Zurück mehr.

– Ich weiß ja nicht, sagt Charlie. Wenn ihr beide fühlt, daß ...

– Es ist keine Frage des Fühlens, Charlie, sagt sie. Das ist einfach eine Tatsache.

– Und du findest nicht, daß ihr Sam zuliebe ...?

– Im Gegenteil. Sam würde nie wollen, daß wir wieder zusammenkommen, nur weil wir finden, daß es für ihn das beste wäre.

– Ja, das verstehe ich. Ich dachte nur ...

– Weißt du, was er zu mir gesagt hat?

– Sam?

– Nein. Tony.

– Du hast mit ihm gesprochen?

– Ja. Er war hier.

– Was hat er gesagt?

– Er hat gesagt, ich wäre besser mit Pascal verheiratet.

– Soll das ein Kompliment sein?

– So habe ich's verstanden.

– Aber du hast ihn geheiratet.

– Ich war verliebt. Außerdem hat er mich bekniet. Er hat gesagt, daß er sich umbringt, wenn ich nein sage.

– Das hat er gesagt?

– Ja.

– Er ist und bleibt ein hoffnungsloser Romantiker, sagt Charlie.

– Er hat es ernst gemeint, sagt Dorothy.

– Natürlich, sagt Charlie.

Sie schweigt.

– Aber jetzt findet er, daß Pascal der geeignetere Partner für dich wäre.

– Oder Descartes.

– Descartes? Er pfeift durch die Zähne. – War einer von denen verheiratet? fragt er.

– Nein.

– Ach so.

– Aber er würde diese Frau verlassen, wenn ich ihn zurücknehmen würde.

– Ja?

– Ja. Er sagt, daß sie ihn langweilt. Er sagt, daß ich ihn nie gelangweilt habe.

– Aber er hat dich gelangweilt?

– Warum sagst du das?

– Das habe ich eben an deiner Stimme gehört. Und was er über Pascal gesagt hat.

– Früher war er so lustig, sagt sie.

– Lustig? Tony?

– Fandest du nicht?

– Unfreiwillig, meinst du?

– Nein, nein. Er hat so gute Witze erzählt. Macht er immer noch.

– Ah, sagt Charlie. Witze.

– Er hat mich so oft zum Lachen gebracht, sagt sie. Du kannst dir gar nicht vorstellen, was das für mich bedeutet hat nach dieser staubtrockenen Erziehung, die ich genossen habe.

– Mehr als ich?

– Als du?

– Er hat dich mehr zum Lachen gebracht als ich?

– Oh, sagt sie, leicht perplex. Ihr wart verschieden.

– Ich hab dich nicht zum Lachen gebracht?

– Doch, natürlich, aber ...

– Ich war nicht so romantisch? Ist es das?

– Teils, sagt sie.

– Und nun schau her, was ihr beide davon habt, sagt er.

– Keiner hat irgendwas von irgendwas, sagt sie. Tony hat eine Entscheidung getroffen, und daraufhin habe ich eine Entscheidung getroffen. So sieht's aus. Das hat weder was mit seiner romantischen Ader noch mit sonst irgendwas zu tun.

– Kann sein, sagt Charlie.

Sie schweigt.

– Dot, sagt er, kann ich irgendwann mal bei dir vorbeikommen?

– Wozu?

– Ich würde dich gern sehen.

– Das ist nett von dir, sagt sie.

– Nett? Wieso nett?

– Ich weiß nicht. Ich dachte, du willst mich trösten, und das finde ich nett, weil ich im Augenblick nicht sehr lustig bin.

– So hab ich gar nicht darüber nachgedacht, sagt er. Vielleicht hättest du wirklich besser Pascal geheiratet. Ich muß gestehen, ich weiß nicht so viel über ihn. Ich weiß noch, daß wir »L'homme est un roseau, mais un roseau pensant« in der Schule hatten, aber damit hat sich's auch schon. Und seine Wette. Seine Wette haben wir durchgenommen.

– Deshalb ist das, was Tony gesagt hat, so bescheuert, sagt sie. Die Wette reicht völlig aus, um einen für immer von Pascal abzubringen.

– Wie war das noch mal?

– Da die Möglichkeit, daß es einen Gott gibt, genauso groß ist wie die Möglichkeit, daß es keinen Gott gibt, und da es egal ist, was wir denken oder wie wir handeln, wenn es keinen gibt, aber nicht egal, wenn es einen gibt, können wir genauso gut gläubig sein, und dann gibt es eine gute Chance, daß wir in den Himmel kommen. Kannst du dir vorstellen, dein Leben darauf aufzubauen?

– Es ist doch ein bißchen komplizierter, oder nicht? sagt er. Das ist alles Politik, oder nicht, und gegen die Jesuiten?

– Ach, sagt sie, du hast dich immer schon streiten wollen.

– Nicht streiten, sagt er. Nur Klarheit schaffen.

– Okay. Dann schaff Klarheit.

– Also kann ich vorbeikommen und dich sehen?

– Wenn du willst.

– Ich würde nicht fragen, wenn ich nicht wollte.

– Stimmt. Bei dir wußte ich immer, woran ich bin, Charlie.

– Das ist der Vorteil, wenn man kein Romantiker ist, sagt er.

– Diese Woche kann ich nicht, sagt sie. Ruf mich nächste Woche an und laß uns was ausmachen.

– Bis dann, Dot. Viva la joia.

– Du warst schon immer ein Idiot, Charlie, sagt sie lachend.

XVI

– Deine Freunde sind alle schockiert, sagt Alfonso.

– Das ist nicht meine Schuld, sagt Tony.

– Ich mache dir ja keinen Vorwurf, sagt Alfonso und streicht sich über den Bart. Das würde mir im Traum nicht einfallen. Ich sage nur, wie's ist.

– Wenn du wüßtest, wie klein ich mich durch sie gefühlt habe, sagt Tony.

– Ich will es gar nicht wissen, sagt Alfonso.

– Wie mickrig.

Alfonso hält eine Hand hoch.

– Wie unbedeutend.

– Bitte, sagt Alfonso.

– Wie ... unintellektuell.

– Vielleicht wärst du dir in jedem Fall so vorgekommen.

– Vielleicht, sagt Tony trocken.

– Was nicht bedeutet, daß du irgendwas davon bist, beeilt sich Alfonso, ihn zu beruhigen.

– Und wäre es denn schlimm, wenn ich's wäre?

– Gar nicht.

– Für sie war es schlimm, sagt er.

– Ist mir nie aufgefallen, sagt Alfonso.

– Du hast auch nicht mit ihr zusammengelebt.

– Aber ich kenne sie seit langem.

– Das ist nicht dasselbe.

– Du kennst mich, sagt Alfonso. Ich verurteile niemanden.

– Ich weiß, sagt Tony. Genau darum wollte ich mit dir reden.

– Wenn du es so machen mußtest, mußtest du es so machen, sagt Alfonso. Basta, aus.

– Ich glaube, ich hab einen Fehler gemacht, sagt Tony.

– Du hast einen Fehler gemacht? Wann?

– Nicht, sie zu verlassen, sagt Tony. Aber mit Lola.

– Du hast einen Fehler gemacht mit Lola? sagt Alfonso. Was für einen Fehler?

– Es war einfach so naheliegend, sagt Tony.

– Was für einen Fehler?

– Ich meine, sagt Tony, ich bin so schwach, ich hätt's allein nicht geschafft.

– Du brauchtest einen Vorwand.

– Keinen Vorwand. Aber es hätte so mutwillig ausgesehen, wenn ich ... du weißt schon.

– Also hast du dich mit Lola eingelassen.

– Na ja, so auch wieder nicht. Ich dachte, sie versteht mich und ...

– Sie versteht dich nicht?

– Na ja, sagt Tony, sie verfolgt ihre eigenen Ziele.

– Eigene Ziele? sagt Alfonso überrascht. Das glaub ich dir nicht.

– Bist du jetzt sarkastisch?

– Ich? Gott bewahre!

– Das ist nicht lustig, sagt Tony. Jedenfalls nicht für mich.

– Immerhin siehst du, daß es für andere lustig sein könnte, sagt Alfonso. Wir machen Fortschritte.

– Ich fühle mich unentwegt schlecht, sagt Tony. Ich habe das Gefühl, daß ich Dot hängengelassen habe, und ich habe das Gefühl, daß ich Lola hängenlasse.

– Warum nicht einfach mal an sich selber denken? sagt Alfonso.

Tony schweigt.

– Warum hast du das Gefühl, daß du Lola hängenläßt? fragt Alfonso.

– Ich fühle mich nicht entspannt mit ihr.

– Das ist verständlich, sagt Alfonso.

– Verständlich?

– Du hast sie benutzt, um von Dot loszukommen, sagt Alfonso. Und jetzt, da du losgekommen bist, schaust du sie an und fragst dich, was du den Rest deines Lebens mit ihr anfangen sollst.

– Sie ist sehr nett, sagt Tony.

– Daran hab ich keinen Zweifel.

– Bei ihr fühle ich mich nicht klein.

– Das ist gut.

– Sie hat eine schwere Zeit hinter sich. Ihr Mann ist an Krebs gestorben.

– Das ist schrecklich.

– Ich schaue zurück und denke an diese fünfzehn verschwendeten Jahre mit Dot. An all diese Erniedrigungen, die ich ertragen mußte.

– Es gibt Sam, sagt Alfonso.

– Natürlich. Es gibt Sam.

– Vergiß Sam nicht.

– Nein. Du hast ganz recht. Und sie hat Stil. Man kann nicht behaupten, daß sie keinen Stil hätte. Darum hab ich mich damals in sie verliebt. Wegen ihres Stils. Ihres Stolzes. Und weil sie genau wußte, was sie vom Leben wollte.

– Das liebst du noch immer, sagt Alfonso.

– Das liebe ich noch immer, sagt Tony.

– Aber du findest es erniedrigend, mit ihr zusammenzusein.

– Ja.

– Trotzdem bist du unglücklich mit Lola.

– Nicht unglücklich, sagt Tony. Eher gelangweilt.

– Vielleicht ist es besser, gelangweilt zu sein als erniedrigt.

– Es ist mehr als Langeweile, sagt Tony. Um ehrlich zu sein, ich ertrage sie nicht. Ich ertrage dieses Haus nicht, wo in jedem Zimmer eine Uhr hängt und Spitzengardinen an jedem Fenster, und es ist so sauber, Alfonso, ich hatte ja keine Ahnung, daß ein Haus so sauber sein kann. Es riecht überall nach Möbelpolitur. Ich halte mich gar nicht für einen Snob, Alfonso, sagt Tony, aber ich ertrage Southend-on-Sea schlicht nicht. Ich ertrage das Meer nicht, und ich ertrage die Leute nicht, und ich ertrage die Läden nicht. Ich ertrage die Atmosphäre nicht. Ich glaube, ich werde verrückt.

– Nein, nein, sagt Alfonso. Du wirst nicht verrückt. Du hast nur einen Fehler gemacht.

– Ich kann nicht immer weiter Fehler machen, in meinem Alter, sagt Tony. Ich bin achtunddreißig.

– Du wirst noch sehr lange Fehler machen, glaub mir, sagt Alfonso.

– Läßt sich daran nichts ändern?

– Vielleicht doch.

– Dann sag's mir.

– Wenn ich das könnte, wäre ich ein reicher Mann.

– Du bist Professor für Psychologie.

– Sag ich ja.

– Du bist ziemlich reich.

– Ich wäre sehr reich.

– Trotzdem, sagt Tony. Sag mir, was ich machen soll.

– Das kann ich nicht, sagt Alfonso. Sag *du* mir, was du vorhast.

– Ich muß ausziehen, sagt Tony. Ich brauche etwas Freiraum. Ich muß mal gründlich über alles nachdenken.

– Das ist weise, sagt Alfonso. Darauf hättest du vielleicht früher kommen können.

– Ich weiß, sagt Tony. Aber ich war immer mit irgend jemandem zusammen. Es schien nicht naheliegend, einfach auszuziehen und alleine zu sein.

Er schweigt.

– Jetzt hast du also zwei Frauen ins Unglück gestürzt, sagt Alfonso.

– Ach, Dot ist nicht unglücklich, sagt Tony. Ihr Stolz ist verletzt, aber vermutlich ist sie ganz froh, mich los zu sein.

– Du unterschätzt ihre Gefühle für dich, sagt Alfonso.

– Sie ist ein unabhängiger Geist. Sie braucht niemanden.

– Du vergißt auch, daß Menschen mehr als ein Gefühl auf einmal haben können. Das hast du schon immer vergessen.

– Ich hasse mich, wenn ich zwei widersprüchliche Gefühle habe, sagt Tony.

– Genau, sagt Alfonso. Das ist das Attraktive an dir. Aber daher rührt auch dein Unglück. Er fügt hinzu: – Das ist es, was dich damals an Dorothy so angezogen hat. Du meintest, sie verkörpere eine Reinheit des Geistes.

– Glaubst du?

– Das hast du mir damals erzählt.

– Wirklich?

– Hast du das vergessen?

– Sieht so aus.

– Ach, Tony, sagt Alfonso. Was machen wir bloß mit dir?

– Glaubst du, ich bin einer von denen, die nicht alleine sein können, aber auch nicht mit anderen zusammen? fragt er.

– Wer weiß, sagt Alfonso. Das ist wohl etwas, das du herausfinden mußt, nicht?

– Du meinst, indem ich alleine wohne?

– Das, ja, sagt Alfonso. Und Zeit.

– Zeit?

– Ein bißchen mehr leben. Bis jetzt hast du ja nicht richtig gelebt, oder?

– Wie meinst du das?

– Das hat Dorothy für dich gemacht.

– Ich weiß immer noch nicht ...?

– Über Zeit hast du dir noch gar keine Gedanken gemacht, sagt Alfonso. Sie wird dir noch zu schaffen machen. Das wird ziemlich schmerzhaft für dich. Aber sie wird dir auch die Chance geben, damit fertig zu werden.

– Ich weiß nicht genau, wovon du redest, sagt Tony.

– Genau, sagt Alfonso. Aber du wirst es jetzt bald herausfinden.

XVII

– Ich will einfach nicht mehr, sagt Charlie.

– Das kannst du nicht sagen, sagt Angie.

– Warum nicht?

– Das geht nicht.

– Ich glaube nicht, daß das irgendeine Zukunft hat.

– Warum nicht?

– Ich glaube es einfach nicht.

– Sag nicht immer das gleiche, sagt sie. Gib mir eine Erklärung.

– Warum?

– Warum? sagt sie. Findest du nicht, daß du mir eine Erklärung schuldig bist?

– Nein, sagt er.

– Ich habe Pete für dich verlassen, sagt sie. Ich habe so viel aufgegeben. Nur für dich. Und du schuldest mir keine Erklärung?

– Erstens hat es lange gedauert, bis du Pete verlassen hast, sagt er.

– Was spielt es für eine Rolle, wie lang es gedauert hat? sagt sie. Ich hab's gemacht.

– Und zweitens habe ich dich zu nichts gezwungen.

– Du hast versprochen, daß du dich von ihr trennst.

– Ich dachte auch, das könnte ich.

– Und jetzt?

– Sieh mal, sagt er, das hat nichts damit zu tun. Ich will das hier einfach nicht mehr.

– Willst das nicht mehr! sagt sie. Dir geht es immer nur darum, was du willst.

– Um was denn sonst? sagt er. Du würdest mich doch nicht wollen, wenn ich nicht wollte, oder?

Sie fängt an zu weinen. Die Tränen laufen ihr über das Gesicht in den Mund und hinterlassen Spuren von Wimperntusche und Rouge auf Wangen und Kinn. Dann kratzt sie sich mit ihren Fingernägeln die Wangen auf und schreit vor Schmerz, als sie anfangen zu bluten.

– Angie! sagt er. Um Gottes Willen, Angie!

Sie schaut ihn an, als hätte sie ihn noch nie in ihrem Leben gesehen, dann steht sie auf, geht zum Schrank, öffnet ihn, nimmt eine Tasse heraus und schmeißt sie auf den Boden. Sie greift nach einer weiteren Tasse, da springt er auf und nimmt ihre Hand. – Angie! sagt er. Hör auf damit, ja?

– Wieso? fragt sie triumphierend. Wieso?

– Wieso? sagt er. Weil du alles kaputtmachst. Du bist hysterisch.

Sie lächelt ihn an, dann hält sie sich die blutigen Finger vor die Augen. – Ich will alles kaputtmachen, sagt sie leise.

– Ich weiß, sagt er. Ich weiß. Aber du wirst das später bereuen.

– Es gibt kein Später, sagt sie.

– Du weißt, daß du hysterisch bist, sagt er schwach.

– Natürlich, sagt sie. Sie lächelt ihn durch ihre Tränen an. Dann geht sie wieder zum Schrank, greift nach einer weiteren Tasse, schmeißt sie auf den Boden und läßt ein Glas folgen, und dann noch eins.

– Angie! schreit er. Hör auf damit!

Sie nimmt eine Teekanne, schaut sie prüfend an, während er ihre Handgelenke zu fassen versucht, dann entzieht sie sich ihm und schmeißt die Kanne gegen die Wand.

Er setzt sich wieder an den Küchentisch und sieht zu. Sie nimmt einen Stapel Teller heraus und läßt sie auf den Boden fallen. Sie zerspringen, und sie verletzt sich mit einer Scherbe am Bein.

Er schaut sie lächelnd an.

Sie hört auf. – Ich will ... sagt sie.

– Du willst mich kaputtmachen wie das Geschirr, sagt er.

– Du verdammter Scheißkerl, sagt sie.

– Nicht fluchen, sagt er. Das kann ich nicht haben.

– Verfluchte Scheiße, was interessiert mich, was du verficktes Sensibelchen nicht haben kannst? sagt sie.

– Angie, sagt er. Können wir nicht wie vernünftige menschliche Wesen darüber sprechen?

– Fick dich ins Knie, sagt sie, setzt sich hin und kramt in der Schublade.

– Suchst du ein Messer? sagt er.

– Nein. Ein Taschentuch.

Er steht auf und holt ihr eins. Sie beugt sich vor und verbindet die Schnittwunde an ihrem Bein.

Schweigend sieht er zu.

Sie steht auf, geht zur Spüle, läßt Wasser laufen und wäscht ihr Gesicht. Mit einem Geschirrtuch trocknet sie es ab.

– Los, sagt sie. Raus.

– Angie, sagt er.

– Verdammt noch mal, raus mit dir.

Er steht auf. – Ich hatte gehofft, wir könnten das wie zivilisierte Menschen regeln, sagt er.

– Erspar mir diese Scheiße, sagt sie. Raus. Raus mit dir.

Er sieht sich in der Küche um. – Soll ich dir nicht helfen, hier alles wieder in Ordnung zu bringen?

Sie starrt ihn an.

– Okay, sagt er. Aber es tut mir leid, daß es so enden mußte.

Sie starrt ihn weiter an, als ob sie ihn noch nie in ihrem Leben gesehen hätte.

– Wiedersehen, sagt er.

Sie steht regungslos da und starrt ihn an, das Geschirrtuch noch immer in der Hand. Er muß um sie herumgehen, um zur Tür zu gelangen. Er öffnet sie und geht hinaus, ohne sie anzusehen, und zieht die Tür vorsichtig hinter sich zu.

XVIII

– Es ist gut, sagt Tony. Es gefällt mir richtig, alleine zu leben.

– Das sagst du nicht nur einfach so?

– Nein, Deirdre, sagt Tony. Wirklich. Ich höre ziemlich viel die späten Beethoven-Quartette, und langsam habe ich das Gefühl, daß ich mich allen möglichen Sachen stelle, denen ich mich nie zuvor gestellt habe.

– Und du kannst aufstehen, wann du willst, sagt Alfonso. Das ist für mich das Schönste, wenn Deirdre auf einer ihrer Touren ist.

– Manche von uns müssen um neun im Büro sein, sagt Tony. Unabhängig davon, was sich in unserem Privatleben getan hat.

– Das entfällt mir glatt immer wieder, sagt Alfonso.

– Das ist etwas schwer, sagt Tony. Morgens niemanden zu haben, mit dem man reden kann. Nach Hause zu kommen in eine leere Wohnung. Aber wenn das erst mal geschafft ist, genieße ich es. Wirklich. Und einmal in der Woche kommt dann Sam zu mir, und ich koche für ihn und wir kucken irgendwas zusammen.

– Und wenn du Beethoven hörst, wen hörst du dann?

– Das Takács-Quartett, sagt Tony. Wie die die langsamen Sätze spielen, das liebe ich.

– Ich hoffe, das hier schmeckt dir, sagt Deirdre. Das ist ein Rezept, das ich aus Tunesien mitgebracht habe.

– Mir schmeckt alles, was du machst, sagt Tony. Warum, glaubst du, bin ich so oft hier?

– Ich weiß, sagt Deirdre. Es ist ein bißchen, als wäre ich eine reiche Erbin, du weißt nie, ob die Menschen dich um deiner selbst willen lieben oder wegen deines Essens.

– Mein Gefühl ist, sagt Alfonso, daß wir dankbar sein müssen, überhaupt geliebt zu werden, womit der Grund, warum wir geliebt werden, unwesentlich ist.

– Ich glaube, wenn dir so was passiert, was mir passiert ist, sagt Tony, dann kapierst du langsam, daß dieses ganze Gerede über Liebe reiner Unsinn ist.

– Ich finde, du solltest keine allgemeinen Schlüsse aus deiner speziellen Situation ziehen, Tony, sagt Deirdre.

– Nein, nein, sagt Tony. Versteh mich nicht falsch. Was wäre die Welt ohne Liebe? Leer. Zumindest von Menschen. Aber es ist das Spiel eines jungen Menschen. Ab einem gewissen Alter ist eine etwas skeptischere Sichtweise durchaus erlaubt. Das hier ist übrigens köstlich.

– Danke, sagt Deirdre. Ich finde, das Lamm hätte noch eine Minute länger im Ofen vertragen.

– Wir brauchen sie nicht, sagt Tony. Wir stürzen uns hinein, projizieren alles auf irgendeinen armen Menschen, der unsere gesammelten Phantasien natürlich nicht erfüllen wird. Und dann, wenn das passiert, wird man verletzt. Es ist so lächerlich.

– Und Sex? fragt Deirdre.

– Das ist der Haken, sagt Tony. Aber vielleicht sollten wir das nicht alles in einen Topf werfen. Vielleicht waren unsere Großväter weise. Die Ehe war ein praktisches und wirtschaftliches Unternehmen, und Sex war etwas anderes.

– Für die Männer, sagt Deirdre.

– Für die Männer, stimmt Tony ihr zu. Zum überwiegenden Teil, fügt er hinzu.

– Natürlich. Aber nur, wenn man sehr reich war oder sehr Bohemien, sagt Deirdre.

Tony ist mit seinem Lamm beschäftigt.

– Am Wochenende, sagt er und wischt sich mit der Serviette über die Lippen, kann ich liegen bleiben, solange ich will, und den ganzen Tag nur Beethoven hören, wenn ich möchte. Mit keiner Menschenseele reden zu müssen, hat schon was. Man fängt an, die Stille zu genießen.

– Für meinen Geschmack wird übertrieben mit den Freuden der Einsamkeit, sagt Alfonso. Der Mensch ist schließlich ein soziales Tier. Aristoteles sagt: ein politisches Tier, eins, das sich in der *polis* oder der Stadt engagiert.

– Aber wir leben nicht mehr in Athen, sagt Tony. Und wenn du dir unsere Politiker ankuckst, dann willst du dir Aristoteles nicht mehr wirklich als Vorbild nehmen. Was unsere moderne Welt mit den großen Städten, virtueller Realität, Pauschalreisen und dem ganzen Zeug nötig hat, ist die Wiederentdeckung der stoischen Werte, Selbstgenügsamkeit und Abgeschiedenheit.

– Wißt ihr, was mir an meinen Reisen am besten gefällt? sagt Deirdre. Die Stunden alleine im Flugzeug.

– Ich bin so anstrengend, sagt Alfonso.

– Du bist gar nicht anstrengend, sagt Deirdre, und ich würde mit niemand anderem zusammenleben wollen. Aber die Wahrheit ist, daß wir alle zwischendurch mal Ruhe und Einsamkeit brauchen in unserm Leben.

– Aber du genießt das nur, weil du weißt, daß du zu mir zurückkommst, sagt Alfonso.

– Natürlich, sagt sie. Hier, nimm noch etwas Lamm, sagt sie zu Tony.

– Ich kann nicht mehr. Ich bin satt.

– Es gibt nur noch ein Sorbet, sagt Deirdre. Und deinen Baklava.

– Nur! protestiert er.

– Auch kein winziges bißchen, bist du sicher?

– Ganz sicher, danke.

Später, nachdem er gegangen ist, sagt Deirdre: – Es ist schrecklich, wie einsam er ist.

– Da muß er durch, sagt Alfonso.

– Du bist so brutal, sagt sie.

– Aber stimmt doch.

– Damit er seine Lektion lernt?

– Nein. Damit er herausfindet, was er wirklich will.

– Als er angefangen hat, über Beethoven zu reden, dachte ich, mir kommen die Tränen, sagt Deirdre.

– Aber wahrscheinlich genießt er die Musik wirklich, sagt Alfonso.

– Ich hätte weinen können, sagt Deirdre. Ich hätte es nicht für möglich gehalten, daß Tony mal so redet.

– Ich habe immer gedacht, daß es einmal so kommen könnte, sagt Alfonso.

– Du siehst immer alles so klar, sagt sie.

– Vielleicht.

– Wir können ihn nicht so weitermachen lassen, sagt Deirdre.

– Doch doch, sagt Alfonso. Er bringt sich schon nicht um.

– Aber er ist so unglücklich.

– Wir alle brauchen ein bißchen Unglück in unserem Leben.

– Du hast gut reden, sagt sie. In deinem hat es nicht mal eine einzige unglückliche Stunde gegeben.

– Wie kannst du das so kategorisch sagen?

– Weil ich es weiß.

– Du hast recht, sagt er. Und weißt du, warum?

– Natürlich, sagt sie.

– Wegen dir, sagt er.

– Aber du, sagt sie, hast dich aufgrund deiner Natur für mich entschieden. Und du bist eine glückliche Natur.

– Vielleicht, sagt er.

– Und das gleiche gilt für mich, sagt sie.

– Vielleicht, sagt er.

– Siehst du, sagt sie. Du bist immer einer Meinung mit mir. Daraus entsteht gemeinsames Glück.

– Vielleicht, sagt er.

XIX

– Vorgestern stand ich plötzlich vor dem Hutgeschäft, sagt Lionel zu Bea auf dem Balkon am Hans Square.

– Du meinst dasjenige welches ...?

– Mhmm.

– Hast du sie gesehen?

– Nein. Ich habe hineingelinst, aber ich konnte niemanden sehen.

– Sie muß dagewesen sein.

– Ich konnte sie nicht sehen. Ich wollte nicht reingehen.

– Ich glaube, Charlie ist nicht mehr mit ihr zusammen, sagt sie.

– Nicht?

– Nein.

– Weil du ...?

– Keine Ahnung. Ich glaube es einfach.

Er trinkt einen Schluck. – Wollen wir reingehen?

– Ich find's schön hier, sagt sie.

– Ist dir nicht zu kalt?

– Nein. Es ist herrlich.

– Ich hatte gehofft, wir würden vielleicht ins Bett gehen, sagt er.

– Ah, sagt sie. Würde es dir etwas ausmachen, wenn wir noch etwas warten?

– Ist gut, sagt er. Magst du noch?

– Danke, sagt sie und hält ihm ihr Glas hin.

Sie sitzen und schweigen.

– Würde es dir sehr viel ausmachen, wenn wir heute nicht ins Bett gingen? fragt sie.

– Nein, natürlich nicht, sagt er.

– Gut, sagt sie. Ich fühl mich heute nicht so.

– Dann könnte es genau das richtige sein, ins Bett zu gehen, sagt er.

– Ich glaube nicht, sagt sie.

– Okeydokey, sagt er.

– Es macht dir doch nichts aus, oder?

– Nein, nein. Natürlich nicht.

– Gut, sagt sie.

– Ich hab einen ganz guten Film gesehen vor ein paar Tagen, sagt er. Ich weiß nicht mehr, von wem der war. Mit Sean Penn. Es ging um –

– Ich muß los, sagt sie.

– Schon?

– Ja, sagt sie.

Sie sitzen und lauschen auf die Verkehrsgeräusche, die von der Straße zu ihnen heraufdringen.

Sie steht auf.

– Alles in Ordnung? fragt er.

– Ja, sagt sie.

Als er ihr im Flur in die Jacke hilft, sagt er: – Willst du's dir nicht noch mal überlegen?

– Was überlegen?

– Ins Bett zu gehen mit mir.

– Du bist süß, sagt sie. Aber nein. Nicht heute.

– Hab ich irgendwas falsch gemacht ...?

– Falsch gemacht?

– Dich beleidigt oder irgendwas, meine ich?

– Wie kannst du nur so was denken? Nein. Es liegt nur an mir. Tut mir leid.

– Du mußt dich nicht entschuldigen.

– Ich fühle mich schlecht. Ich weiß nicht, was mit mir los ist.

– Mach dir keine Gedanken. Ein andermal. Wenn du dich besser fühlst.

– Du bist süß. Danke. Und danke für den Drink.

– Mach's gut.

– Mach's gut, Lionel.

XX

– So, sagt Charlie. Auf dein neues Leben.

– Erzähl mir von deinem alten, sagt sie.

– Da gibt's nicht viel zu berichten, Dot, sagt er. Es plätschert so dahin, weißt du.

– Wie geht es meiner Schwester?

– Sie ist wohlauf.

– Wohl sei den Toten, sagt man.

– Nein. Sie ist ziemlich lebendig.

– Das ist doch ironisch, nicht? sagt sie. Als ich das letzte Mal von ihr gehört hab, da hat sie sich gerade von dir getrennt und wollte hier bei Tony und mir Zuflucht suchen, und jetzt bin ich diejenige, die zu euch kommen sollte.

– Ach, du brauchst keine Zuflucht, Dot, sagt Charlie. Du warst schon immer die Unabhängige.

– Das ist wohl so, wenn man die Älteste ist.

– Außerdem, sagt er, können wir kaum eine Zuflucht bieten, weißt du.

– Wie meinst du das?

Er nippt an seinem Drink.

– Von dieser Frau hast du dich doch hoffentlich getrennt, sagt sie.

– Was weißt du über sie?

– Oh, sagt sie. Bea hat mir alles erzählt.

– Sie weiß nicht alles.

– Aber genug, sagt Dorothy.

– Ja, sagt er. Ich habe mich von ihr getrennt.

– Da bin ich froh, sagt sie.

– Nicht wegen Bea, sagt er.

– Warum dann?

– Wegen mir.

– Wegen dir?

– Sie hat mich verrückt gemacht.

– Warum springst du immer auf solche Frauen an, Charlie? fragt sie.

– Keine Ahnung, sagt er. Zunächst mal scheinen sie ja nicht verrückt. Sie scheinen interessant und sexy. Vielleicht mache ich sie ja verrückt.

– Nein, sagt sie. Du suchst sie dir so aus.

– Ich habe mir Bea ausgesucht, sagt er.

Sie schweigt.

– Dich, sagt er.

Sie schaut hinunter auf ihr Glas.

– Vielleicht hab ich deine Schwester verrückt gemacht, sagt er.

Sie schweigt.

– Lustigerweise, sagt er, halte ich mich selbst für den lässigsten Typen der Welt.

– Bist du auch, Charlie, sagt sie.

– Findest du wirklich?

– Ich hab's dir eben gesagt.

– Sag's mir noch mal.

– Du bist so lässig, daß kein Mensch weiß, woran er bei dir ist, sagt sie.

– Es hat ziemlich weh getan, als du dich mit Tony eingelassen hast, sagt er.

– Ja?

– Natürlich.

– Das hab ich nicht geahnt, sagt sie. Ich dachte, es macht dir nichts aus. Du schienst unsere Beziehung eher auf die leichte Schulter zu nehmen.

– Ich wollt's nicht so richtig wahrhaben.

– Wir waren verlobt, sagt sie.

– Ich hab nie wirklich dran geglaubt, daß du mich willst, sagt er. Schlußendlich.

– Das tut mir leid, sagt sie.

– Ach, ich war nicht sauer auf dich, sagt er. Du und Tony, ihr wart füreinander gemacht.

– Und du und Bea wart das nicht?

– Du weißt, daß das nicht das gleiche war.

– Ja, sagt sie. Ich weiß.

– Vielleicht waren bei euch beiden die Erwartungen zu hoch, sagt er.

– Ach nein, sagt sie. Man muß vom Leben alles erwarten, oder es lohnt sich nicht zu leben.

– Oh, wow, sagt er.

– Was ist?

– Du solltest dich mal selber hören, Dot.

– Mich selber hören?

– Man muß vom Leben alles erwarten, oder es lohnt sich nicht zu leben.

– Und?

– Das ist nicht real, Dot. Kein Mensch kann so leben.

– Wir konnten das, sagt sie. Ich kann das.

– Und jetzt sieh dir an, was es dir gebracht hat.

– Es hat mir nichts *gebracht*, sagt sie. Und ich bin sehr glücklich so.

– Ja, sagt er. Das bist du wohl.

– Was soll das heißen?

– Es heißt, daß ich mich täusche. Du kannst so leben. Aber glaub nicht, daß irgend jemand außer dir es kann.

– Tu ich auch nicht, sagt sie.

– Tony scheint das offenbar anders gesehen zu haben.

– Das ist sein Problem, sagt sie.

– Wo du recht hast, hast du recht, sagt er.

– Jetzt hat er seine Sekretärin verlassen und wohnt allein in einem Zimmer, das Alfonso ihm besorgt hat, sagt sie, und will, daß ich das mit der Scheidung noch mal überdenke, aber ich habe ihm gesagt, das kommt gar nicht in Frage.

– Hab ich gehört, sagt er.

– Woher?

– Bea hat zufällig Alfonso getroffen. Er hat's ihr erzählt.

– Verstehe.

– Machst du dir keine Sorgen um ihn?

– Doch, natürlich, sagt sie. Er ist nicht gemacht fürs Alleinleben. Das packt er nicht. Er glaubt, daß er's kann, aber er kann's nicht.

Er sagt nichts.

– Aber ich bin nicht seine Aufpasserin, sagt sie.

– Nein, nein. Natürlich nicht.

– Er muß sich den Dingen stellen, sagt sie.

– Sieht er Sam?

– Natürlich. Aber er ist ein hoffnungsloser Fall. Wir vereinbaren eine Zeit, und dann ruft er an und sagt, er schafft es nicht. Oder er bringt ihn nicht pünktlich zurück.

– Diese Sachen sind schwierig, sagt er.

– Andere Leute kriegen das auch hin.

– Weiß nicht, sagt er.

– Ich wünschte mir, daß er nur ein kleines bißchen mitdenkt, sagt sie. Das ist wohl nicht zuviel verlangt.

– Ich bin sicher, daß er findet, daß er mitdenkt, sagt er.

– Warum ergreifst du unentwegt Partei für ihn? fragt sie.

– Im Interesse des Fairplay, sagt er lachend.

– Nein, das stimmt nicht, sagt sie. Du tust das, um zu widersprechen.

– Du hast recht, sagt er. Ich liebe es, dir zu widersprechen. Ich hatte vergessen, wieviel Spaß das macht.

– Wieso?

– Wieso ich das vergessen hatte?

– Nein. Wieso liebst du das?

– Weil du mit weit aufgerissenen Augen solche Fragen stellst.

– Mit weit aufgerissenen Augen? sagt sie. Wovon sprichst du?

– Du bist lustig, Dot, sagt er.

– Das hat mir noch keiner gesagt, sagt sie.

– Ich finde dich lustig, sagt er.

XXI

– Was ist mit deinem Bart passiert? fragt Tony, als Alfonso die Tür aufmacht.

– Gefällt's dir nicht? fragt Alfonso.

– Hast du ihn gefärbt oder was?

– Gefärbt, gibt Alfonso zu.

– Sieht jedenfalls toll aus, sagt Tony und reicht ihm seinen Mantel.

– Es ging nur so, sagt Alfonso, ansonsten hätte ich ihn abrasieren müssen.

– Gott bewahre! sagt Tony.

– Wir haben jemanden gefragt, den du kennst, sagt Alfonso, zeigt lächelnd seine weißen Zähne und läßt Tony den Vortritt ins Wohnzimmer.

– Ich glaub's ja nicht! sagt Tony.

– Huhu! sagt Beatrice.

Tony küßt Deirdre und dann seine Schwägerin.

– Ich habe gehört, daß du was über seinen Bart gesagt hast, sagt Deirdre.

– Ich hab nicht sofort gesehen, was es war, sagt Tony. Nur, irgendwas anders ist.

– Es waren langsam ein paar graue Haare zuviel dazwischen, sagt Alfonso.

– Gefällt's dir? fragt Deirdre.

– Gefällt's dir denn?

– O ja, sagt sie.

– Ich bin unsicher, sagt Tony.

– Warum?

– Ich weiß nicht. Es sieht aus wie ... gedüngt.

Sie lachen.

– Ich meine, sagt er, man muß hinkucken. Man hat das Gefühl, etwas dazu sagen zu müssen. Wenn es das ist, was du willst ...

– Das ist nur, weil es noch ungewohnt ist, sagt Alfonso.

– Aber ist er auch anders geschnitten?

– Nein. Genauso wie immer.

– Also liegt es nur an der Farbe ...?

– Mhm.

– Was meinst du? fragt Deirdre Bea.

– Ich weiß nicht, sagt Bea. Auf jeden Fall fällt es auf.

– Ich denke doch, »gedüngt« ist ein gutes Wort, sagt Alfonso. Der Bart ist ja ein bißchen so etwas wie der eigene Garten. Etwas, das sich sowohl außerhalb als auch innerhalb der Privatsphäre befindet, etwas, das man nach eigenem Gutdünken pflegen kann oder auch nicht, das man gedeihen lassen oder skrupellos zurückschneiden kann. Man kann das Zurückstutzen einer anderen Person übertragen, oder man kann es selbst machen. Man kann stolz darauf sein oder es als ein notwendiges Übel betrachten. Ich kann ein ganz neues Genre von Gartenbau-cum-Bärte-Büchern vor mir sehen, den Kleinstadtbart, den Hüttenbart, den Landbart, den mediterranen, den englischen, den Himalaya-Bart, wer weiß, vielleicht gibt es sogar mystische japanische Steinbärte. Was meint ihr?

– Heute abend müßt ihr alle als Versuchskaninchen herhalten, sagt Deirdre. Ich habe ein paar neue Rezepte ausprobiert, die ich von meiner letzten Reise nach Samarkand mitgebracht habe.

– Ich wußte gar nicht, daß ihr in Verbindung geblieben seid, sagt Tony zu Beatrice, als sie sich an den Tisch setzen.

– Sind wir gar nicht, sagt sie. Aber ich hab Alfonso in der U-Bahn getroffen, und er hat nach meiner Nummer gefragt, und da bin ich nun.

– *Ich* hab dich in der U-Bahn getroffen, sagt Tony. Aber ich habe vergessen, nach deiner Nummer zu fragen.

– Du warst gedanklich mit anderen Sachen beschäftigt, sagt Bea.

– Fährst du oft U-Bahn? fragt Deirdre.

– Nicht so, sagt Bea. Ich habe immer das Gefühl, es ist ein gutes Zeichen, wenn man mitten in London Leute trifft, die man kennt.

– Wieso? fragt Alfonso.

– Weil die Chance, daß das passiert, in einer Stadt von dieser Größe so winzig ist. Also ist es ein Zeichen, daß einem das Schicksal nicht gänzlich ungnädig ist.

– Schicksal? fragt Alfonso. Oder Gott?

– Nein, nein, sagt Bea. An Gott glaube ich nicht.

– Aber du glaubst ans Schicksal?

– Das muß man, sagt sie. Wenn solche Sachen passieren.

– Den Zufall hast du noch nicht in Betracht gezogen? fragt er.

– Diese Art des Zufalls nenne ich Schicksal, sagt sie.

– Vorsehung? fragt Deirdre, während sie die Teller mit geheimnisvollen Dingen füllt. Eßt mal diese hier, und danach geb ich euch eine andere Variante mit etwas mehr Kreuzkümmel, sagt sie.

– Nein, sagt Beatrice. Vorsehung ist ein zu großes Wort.

– Schmeckt mir, sagt Tony zu Deirdre.

– Jetzt probier mal die hier.

 Er probiert.

– Und? sagt sie.

– Ich glaube, die erste mochte ich lieber.

– Bea?

– Doch, die erste.

– Ein bißchen zu teigig, sagt Alfonso.

– Die erste oder die zweite?

– Beide.

– Die müssen teigig sein.

– Für meinen Geschmack ist das etwas zu viel.

– Das ist der Grund, warum ich ihn nie mitnehme, sagt Deirdre. Er findet immer ein Haar in der Suppe.

– Du würdest doch keinen Jasager zum Mann haben wollen, oder?

– Es kommt aufs richtige Maß an, sagt sie.

– Definitiv die erste, sagt Tony.

– Ich glaube, mir schmeckt die zweite besser, sagt Alfonso.

– Keine weiteren Tests bis zum Nachtisch, sagt Deirdre. Erst mal gibt's den Hauptgang.

– Und darf man fragen, was es ist? fragt Tony.

– Nein, sagt sie. Abwarten.

– Aua, sagt Tony.

– Es gibt Nilbarsch, wenn du's wissen willst.

– Nilbarsch? Nie gehört.

– Der ist in England auch fast nicht zu bekommen.

– Gibt es noch andere Arten von Barsch?

– Oh, das ist ein verbreiteter britischer und europäischer dunkler Süßwasserfisch. Dann gibt's noch den amerikanischen Gelbbarsch, der ist auch sehr verbreitet.

– Meine Unwissenheit ist abgründig, sagt Tony.

– Du mußt dich nicht entschuldigen, sagt Alfonso. Warum solltest du dich mit Fisch auskennen? Glaubst du, sie kennt sich mit dem Bankwesen aus?

– Warum sollte man sich mit dem Bankwesen auskennen?

– Mir hat bei Sherlock Holmes immer die Stelle gefallen, sagt Alfonso, wo Watson dem verblüfften Holmes erklärt, daß die Erde sich um die Sonne dreht, und Holmes sagt: »Sehr interessant, Watson. Jetzt, da ich es weiß, werde ich mich bemühen, es zu vergessen.« Und auf Watsons Nachfrage erklärt er, daß er sich das Gehirn als Metallkasten vorstellt, der gewöhnlich so voll ist, daß man, wenn man nur ein weiteres Objekt hinzufügt, ein anderes hinausschmeißen muß, um Platz zu schaffen. Und obwohl ich genau weiß, daß das Gehirn so nicht funktioniert, hat mir das intuitiv immer eingeleuchtet.

Er streicht sich über seinen nun roten Bart und lächelt sie an.

– Hier kommt der Nilbarsch, sagt Deirdre. Könnt ihr mal Platz machen auf dem Tisch?

XXII

Charlie und Dorothy gehen am Strand in Brighton spazieren.

– Er verbringt also immer mehr Zeit im Badezimmer, sagt Charlie. Eine Erklärung gibt es nicht, aber es ist klar, daß es ihm so einfach besser gefällt. Er liegt voll bekleidet in der leeren Badewanne und hört Radio. Oder er döst. Manchmal kommt seine Freundin rein, setzt sich auf die Toilette und erzählt ihm, was in der Galerie, in der sie arbeitet, so los war. Sie heißt Edmondsson, so daß man zuerst denkt, sie ist ein Mann, und dann wird –

– Sei still, sagt Dorothy.

Er hört auf.

– Tut mir leid, sagt sie. Ich höre dir nicht zu. Ich möchte das hier genießen.

– Schon in Ordnung, sagt er.

– Können wir uns einen Augenblick hinsetzen?

– Natürlich.

Sie setzen sich auf den Kies.

– Ich rede und rede, sagt er. Keine Ahnung, warum.

Sie blicken auf das kupferrote Meer.

– Es ist verrückt, sagt sie. Wie lang haben wir gebraucht? Zwei Stunden? Und es ist eine andere Welt.

Sie starren aufs Wasser.

– Ich liebe es so sehr, ans Meer zu fahren, sagt sie. Trotzdem kommt es mir irgendwie nie in den Sinn, so was alleine zu machen.

– Ich hab mir gedacht, daß es dir gefällt, sagt er.

Sie streckt sich auf dem Kies aus und schaut in den wolkenlosen Himmel. Er sitzt neben ihr und spielt mit einem Stein.

– Hör mal, das Meer, sagt sie.

– Darum mag ich Kiesstrände so, sagt er. Das Mittelmeer ist großartig, aber was fehlt, ist das Geräusch des Meeres, wenn es den Kies ansaugt und dann losläßt, ansaugt und losläßt.

Sie lauschen.

– Das ist mehr als ein normales Geräusch, sagt er. Das ist, als ob die Welt atmet. Ein. Aus. Ein. Aus. Ein. Aus.

– Darum ist es so erholsam, sagt sie. Es bringt einen zu etwas ganz Zentralem im Innern zurück. Etwas, das die Städte einen vergessen lassen.

Sie lauschen.

– Alles scheint von einem abzufallen, sagt sie. Alle Sorgen. Die Ängste. Fällt alles ab.

– Es ist so typisch, dass Arnold das hier als Allegorie verwenden mußte, sagt er. Genau das will man doch nicht. Als er –

Sie legt eine Hand auf seinen Arm: – Bitte.

– Tut mir leid.

– Ich möchte einfach lauschen.

– Natürlich. Ich rede zuviel.

– Schschschschsch.

Er blickt hinunter auf ihre Hand auf seinem Arm. Nach einer Weile läßt sie sie wieder zurück auf den Kies fallen.

Er legt sich neben sie, schließt die Augen.

Später, als er die Augen öffnet, sitzt sie neben ihm und schaut hinaus aufs Meer.

Er blickt in den Himmel, der inzwischen mit blaßrosa und grauen Wolken überzogen ist.

Sie dreht sich um und blickt zu ihm herunter.

Er lächelt sie an. – Ich hab geschlafen, sagt er.

– Wie ein Baby, sagt sie.

Er legt seine Hand auf ihre. – Dir ist kalt, sagt er.

– Nein, sagt sie. Kaum.

Sie zieht ihre Hand nicht zurück.

– Worauf hast du Lust? fragt er sie.

– Schschschschsch, sagt sie.

– Ich meinte nicht –

– Schschschschsch, sagt sie noch mal. Überleg nicht dauernd, was du als nächstes machst.

– Ich kann nicht anders, sagt er.

– Versuch's.

Er seufzt.

– Na los, sagt sie lachend. Mach, was du willst.

– Nein, sagt er. Ist schon gut.

Er setzt sich auf und reibt sein Gesicht. – Wie lange hab ich geschlafen? fragt er.

– Stunden, sagt sie.

– Stunden?

– Eine halbe Stunde.

Er schaut auf die Uhr. – Mehr nicht?

– Du warst total weg, sagt sie.

– Ja?

– Total.

– O je.

– Warum o je? Ist doch gut.

– Ich muß sehr entspannt gewesen sein.

– Das ist gut.

– Sollen wir mal?

– Ich ruf schnell Sam an.

Als sie fertig ist, sagt er: – Alles klar?

– Ja. Bestens. Weißt du, was Tony neulich zu mir gesagt hat?

– Was?

– Er hat gesagt: Erst sollte ich genau der Typ Ehemann sein, den du erwartet hast, und jetzt soll ich genau der Typ geschiedener Vater sein, den du erwartest.

Er steht auf. – Komm, sagt er.

Er streckt seine Hand aus. Sie nimmt sie und steht auf. Sie zieht ihre Hand zurück.

– Das ist doch nicht fair, oder? sagt sie, als sie loslaufen.

Sie laufen.

Auf dem Rückweg sagt sie: – Ich kann das Meeresrauschen nicht aus meinem Kopf bekommen.

– Ich auch nicht, sagt er.

– Ich atme anders, sagt sie.

Und dann, später: – Danke.

– Wofür?

– Daß du mich mitgenommen hast.

– Wir waren zusammen da, sagt er.

– Du hast es vorgeschlagen.

– Das stimmt, sagt er. Im Vorschlagen bin ich gut.

XXIII

Tony und Bea spazieren durch die Kew Gardens. Tony hatte gesagt: – Wenn es regnet, können wir jederzeit in eins der Gewächshäuser gehen.

Aber es regnet nicht. Es ist ein heller und milder Frühlingstag.

– Das muß hart für dich gewesen sein, sagt Tony, daß Charlie so schwer unterwegs war.

– Ich selber war auch nicht unbedingt ein Engel, sagt Beatrice.

– Wie bitte, was? sagt er. Er sieht sie an. – Du überraschst mich, sagt er.

– Ach wirklich? sagt sie lachend. Du bist so ein Idealist, sagt sie.

Sie laufen.

– Außerdem, sagt sie, haben wir uns einander angepaßt. Wir hatten einen Modus gefunden.

– Und die Kinder?

– Die müssen doch auch lernen, wie das Leben läuft, oder nicht?

– Ja, aber ...

– Sie wissen, daß wir sie lieben. Das ist die Hauptsache.

Sie erreichen den See, bleiben stehen und betrachten die Enten und Bläßhühner.

– Vermutlich hast du recht, sagt er. Aber ich hatte immer das Gefühl –

– Ich hab nicht recht, sagt sie. Du bist derjenige, der recht hat. Aber so hat's funktioniert.

– Möchtest du dich hinsetzen? fragt er.

– In Ordnung.

Sie gehen zu einer Bank.

– Oder auch nicht, sagt sie, als sie sich hinsetzen.

– Was nicht?

– Nicht funktioniert.

Er schweigt.

– Aber was soll »funktionieren« überhaupt heißen? sagt sie.

Er schweigt.

– Alles »funktioniert«, sagt sie. Nur nicht in der erwarteten Form.

Er schweigt.

– Nicht, daß ich je besonders viel erwartet hätte, sagt sie.

Er schweigt.

Nach einer Weile sagt er: – Ich schon.

– Ich weiß, sagt sie.

– Woher weißt du das?

– Du bist so, sagt sie. Dot auch.

– Ja, sagt er. Sie erwartet eine Menge.

– Alles, sagt sie, sie hat schon immer alles erwartet. Und würde sich nie mit weniger zufriedengeben.

– Und du? fragt er.

– Ich? Sie lacht. Ich hab die Krümel aufgelesen, sagt sie.

– Ach Quatsch!

– Ich liebe Krümel, sagt sie. Versteh mich nicht falsch. Ganze Kuchenstücke sind mir viel zu mächtig.

– Mach dich nicht klein.

– Mach ich gar nicht. Vielleicht sind manche von uns wie Spatzen. Wir sind dazu geschaffen, von Dreck und Krümeln zu leben.

– Bea, sagt er, ich möchte mit dir reden.

– Du redest doch mit mir.

– Nicht über Krümel und Kuchen, sagt er.

– Das war nur eins der Themen, über die wir geredet haben, sagt sie.

– Stop, sagt er. Laß mich sprechen.

– Nur zu, sagt sie.

– Es ist schwierig, sagt er.

Sie wartet.

– Ich habe viel nachgedacht, sagt er. Seit ich allein wohne. Vielleicht haben wir alle einen Fehler gemacht. Damals, vor Jahren. Ich vor allem, was meinst du?

– Keine Ahnung.

– Sag mir, was du denkst.

– Vielleicht, sagt sie.

– Weißt du noch, als wir uns das erste Mal gesehen haben?

– Natürlich, sagt sie. Wie könnte ich das vergessen?

– Wie könntest du das vergessen, sagt er. Genau. Es war im Park. Du machtest einen Kopfstand auf der Wiese. Ich lief auf dem Weg, und ich hielt an und schaute.

– Starrte, sagt sie.

– Ich traute meinen Augen nicht, sagt er. Dein Gesicht war mir zugewandt, aber deine Augen waren geschlossen. Ich nehme an, du hast dich konzentriert. Und dann hast du sie geöffnet, und unsere Blicke trafen sich.

– Ja, sagt sie.

– Du hast nicht geblinzelt, sagt er. Du hast in der Stellung verharrt.

– Ich war neugierig, wie lang es wohl dauern würde, bis du dich wegdrehst, sagt sie.

– Ich habe mich nicht weggedreht.

– Nein, sagt sie. Du hast mich weiter angestarrt. Also hab ich dir meine Zunge rausgestreckt. Und dann bist du rot geworden und weitergegangen.

– Es war mir peinlich, sagt er. So, als hätte ich nicht kukken sollen. Als wärst du nackt gewesen oder so.

Sie schweigt.

– Und an dem Abend bin ich zu einer Party gegangen, sagt er, und bin Dorothy begegnet, und wir haben viel getanzt, und sie hat mich mit nach Hause genommen. Sie sagte, ich soll leise sein, weil ihre Schwester aus Bristol zu Besuch sei. Und am nächsten Morgen, beim Frühstück, warst du da. Richtig rum.

– Und ich habe zuerst gar nicht kapiert, daß du das warst, sagt sie. Ich hatte dich ja auch nur falsch rum gesehen.

– Ich hab dich sofort erkannt, sagt er.

– Ich weiß, sagt sie. Hast du erzählt.

– Wir konnten unsern Blick gar nicht voneinander abwenden, sagt er.

– Dot hatte keine Ahnung, was vor sich ging, sagt sie.

– Wir haben's ihr erklärt, sagt er. Sie schien es nicht zu verstehen. Und dann haben wir sie sitzen lassen und sind zusammen rausgegangen.

– Du hast mich gefragt, ob ich zum Kopfstandmachen immer in den Park gehe, sagt sie. Und ich habe ja gesagt. Und später am Tag hast du Dot Charlie vorgestellt, und die beiden haben angefangen, sich zu treffen. Und dann hat Alfonso dieses blöde Spiel mit uns gespielt. Und dann kamst du plötzlich damit an, daß du einen großen Fehler gemacht hättest und daß du die ganze Zeit in Dot verliebt gewesen warst.

– Ja, sagt er.

– Daß du nicht ohne Grund die Nacht mit ihr durchgetanzt hattest.

– Nein.

– Aber das war von Anfang an klar, sagt sie. Ich hatte nur darauf gewartet.

– Wirklich?

– Die ganze Zeit. Aber das hat's nicht weniger schmerzhaft gemacht, als es soweit war, sagt sie.

– Nein, sagt er. Das verstehe ich.

Sie sitzen da.

– Davor, sagt er. Bevor ich's dir gesagt habe. Als ich nach Devon gefahren bin, um noch mal über alles nachzudenken. Mich hatte das Gefühl beschlichen, daß wir dieser ersten Begegnung vielleicht zuviel Bedeutung beigemessen haben. Daß zumindest ich mich wie ein romantischer Jüngling benommen habe. Daß ich besessen war von dem Bild, wie du auf dem Kopf standst und mir dann die Zunge herausstrecktest. Das schien mir damals wie ein Zeichen. Als hätte das irgendeinen Pakt zwischen uns besiegelt. Aber vielleicht, dachte ich, ist es auch nichts Derartiges. Wenn ich fünf Minuten später da lang gekommen wäre, hättest du wieder senkrecht gestanden. Oder wärst gar nicht mehr da gewesen. Und schließlich hatte ich mich auf der Party zu Dorothy hingezogen gefühlt, und sie war diejenige, mit der ich zuerst geschlafen hatte, und irgendwas davon keimte wieder auf, als wir das Wochenende zusammen verbrachten, obwohl wir beide ein verrückt schlechtes Gewissen hatten wegen dem, was wir da taten. Aber als ich dann über alles nachdachte, während ich da über die Klippen von Devon lief, da wurde mir klar, daß ich mich befreien mußte von diesem Bild, wie ich dich das erste Mal gesehen hatte. Ich mußte der Tatsache ins Auge sehen, daß ich womöglich einen schlimmen Fehler gemacht und alle andern mit reingezogen hatte.

– Du hast nicht alle anderen mit reingezogen, sagt sie. Wir waren alle schuld. Und so oder so haben Charlie und ich tatsächlich viel besser zueinander gepaßt.

– Ach ja? fragt er.

– Natürlich, sagt sie.

Sie sitzen da.

– Das glaubst du doch selber nicht, sagt er.

– Keine Ahnung, sagt sie.

– Und jetzt will ich noch was sagen, sagt er. Ich hab viel nachgedacht, seit ich allein wohne. Und inzwischen denke ich, daß ich anfangs vielleicht ganz richtig lag. Natürlich fühlte ich mich angezogen von Dot. Natürlich hab ich sie bewundert. Wer täte das nicht? Aber vielleicht war mein ursprünglicher Instinkt doch richtig. Und nur das Rationalisieren war falsch. Vielleicht war es gar nicht das Bild von dir, von dem ich angezogen war, sondern du. Weil ich in diesem ersten Augenblick gesehen habe, wer du bist. Sehr viel klarer, als wenn du tatsächlich nackt gewesen wärst. Und auch, wer ich war. Weißt du, was ich meine?

Sie schweigt.

– Was denkst du? fragt er.

– Du meinst also, daß Nachdenken immer ein Fehler ist? fragt sie.

Er lacht. – Oft glaub ich schon, ja. Vielleicht muß man seinem ersten Eindruck mehr trauen als dem zweiten.

– Und dem dritten?

Er schweigt. Dann sagt er: – Würdest du es noch mal versuchen wollen?

– Machst du mir einen Antrag? fragt sie.

– Ich glaube ja, sagt er.

– Du Bigamist.

– Wir sind beide Bigamisten, sagt er. Wenn man's genau nimmt.

Sie schweigt.

– Und? sagt er.

– Warum versuchst du nicht, mich zu küssen? sagt sie. Wenn ich dir eine Ohrfeige gebe, kennst du die Antwort.

– Hier?

Sie lacht.

– Das ist schwierig, sagt er. Jetzt, wo du's so gesagt hast.

– Ach, Tony! sagt sie. Wenn ich bedenke, daß ich mal voller Bewunderung für dich war.

– Für mich?

– Natürlich.

– Und du dachtest, nur deine Schwester sei meiner würdig?

– Mhmm.

– Ja oder nein?

– Ja, natürlich.

– Laß uns da hinter den Büschen verschwinden, sagt er. Dann können wir unser kleines Experiment ausprobieren.

Er steht auf.

– Komm, sagt er, und hält ihr seine Hand hin.

Sie nimmt seine Hand und steht auf. Dann legt sie ihre Arme um seinen Hals und preßt ihre Lippen auf seine.

XXIV

– Hast du irgendwas mit deinem Bart gemacht? fragt Nigel, als er zur Tür reinkommt.

– Er hat ihn gefärbt, sagt Deirdre.

– Das glaub ich ja nicht, sagt Henrietta.

– Warum nicht? sagt Alfonso. Ich hab die ersten grauen Stoppeln entdeckt.

– Ich habe von Leuten gehört, die ihre Bärte epilieren, sagt Henrietta, aber ich hab noch nie von jemandem gehört, der seinen Bart färbt. Und dann diese Farbe!

– Und du findest nicht, daß er dadurch ... üppiger wirkt? sagt Deirdre.

– Üppiger?

– Ja.

– Ich glaub ...

– Du findest ihn nicht üppiger?

– Ich hatte mal einen Freund, sagt Tony, der besessen war von seinem Schrebergarten. In jeder freien Sekunde ging er hin, um ihn zu beackern. Eines Tages, als der Zirkus in der Stadt war, entdeckte er eine Werbung für Elefantendünger. Sie verteilten den Dünger an jeden, der ihn freiwillig abholte. Also ist er losgezogen und hat sich einen oder zwei Säcke geben lassen und den Dünger ausgebracht. Und weißt du was, erzählte er mir später, alles, was ich mit dem Elefantenmist gedüngt habe, ist dreimal schneller und dreimal höher gewachsen als je zuvor.

– Was willst du damit sagen? fragt Henrietta ihn.

– Ich versuche zu sagen, sagt Tony, daß ich fürchte, daß unser Alfonso seinen Bart nicht nur gefärbt hat, sondern daß er ihn regelmäßig in Elefantendünger einweicht. Denn so üppig habe ich ihn noch nie gesehen.

– Das ist eine ekelhafte Vorstellung, sagt Henrietta.

– Wieso? fragt Bea. An Dünger gibt's doch nichts auszusetzen, oder?

– An Dünger als solchem nicht, sagt Henrietta, aber die Vorstellung, seinen Bart drin einzuweichen ...!

– Die Menschen schmieren sich alles mögliche ins Gesicht, sagt Beatrice. Das ist eine Frage der Gewohnheit. Der Konvention.

– Nicht alles ist Konvention, sagt Henrietta. Nimm Inzest zum Beispiel.

– Ich glaube, hier hast du die Anthropologen gegen dich, sagt Deirdre.

– Ich hab ja nicht vor, ihn für den Rest meines Lebens zu färben, sagt Alfonso. Ich freue mich schon auf die Zeit, wenn ich einen langen, weißen Bart trage. Aber dann muß er komplett weiß sein.

– Höflichkeit, sagt Henrietta. Jede Gesellschaft hat andere Höflichkeitsnormen, aber jede Gesellschaft hat einen Begriff davon.

– Aber genau darum geht's, sagt Deirdre. Andere Normen. Manche Leute finden es höflich, nichts zu sagen, und andere finden das taktlos, manche finden es höflich, etwas abzulehnen, was einem angeboten wird, andere taktlos. Und so weiter. Selbst Gesten beruhen auf Konventionen. Europäer nicken, um ja zu sagen –

– Und Türken nicken, um nein zu sagen, sagt Henrietta. Aber ich wollte auf etwas ganz anderes hinaus.

– Könntest du mit einem bärtigen Mann schlafen? fragt
Nigel Bea.

– Wieso? sagt sie.

– Nur so. Ich hab mich nur gefragt, wie Frauen auf Bärte reagieren.

– Ich kann nicht für alle Frauen sprechen, sagt Bea.

– Was ist mit dir?

– Das hängt vom Mann ab.

– Nicht vom Bart?

– Also ...

– Wäre der Bart ein *Faktor*?

– Alles ist ein Faktor, sagt Bea.

– Was, wenn du feststellst, er ist gefärbt?

– Das könnte schon eher ein Problem sein, sagt Bea.

– Kämst du dir betrogen vor?

– Nicht betrogen, nein.

– Was dann?

– Heute abend müßt ihr als Versuchskaninchen herhalten, kündigt Deirdre an. Ich probiere ein paar Rezepte aus, die ich auf meiner letzten Reise nach Goa bekommen habe.

– Du warst in Goa? Offiziell? fragt Henrietta.

– Verwöhnst du uns heute abend mit portugiesischen oder chinesischen Köstlichkeiten? fragt Nigel.

– Da war so ein Delikatessenfest, das alle zwei Jahre stattfindet, sagt Deirdre.

– Warst du mit? fragt Henrietta Alfonso.

– Zu so was fahr ich nie mit, sagt Alfonso. Ich bevorzuge es, mein Steak and Kidney Pie hier in London zu mir zu nehmen.

– Hör nicht auf ihn, sagt Deirdre.

– Lügt er schon wieder, daß sich die Balken biegen?

– Ich habe das noch nie gemacht, sagt Deirdre am Backofen stehend, ihr müßt also Nachsicht üben.

– Ich kann's nicht erwarten, sagt Nigel. Du? fragt er Bea.

– Nein, sagt sie.

– Ich empfinde es immer als ein solches Privileg, hier zum Abendessen eingeladen zu werden, sagt Nigel.

– Ja, nicht? sagt sie.

Das Telefon klingelt.

– Ich geh schon, sagt Alfonso.

Mit dem Hörer am Ohr geht er aus dem Zimmer.

– Bist du mal in Goa gewesen? fragt Henrietta Tony.

– Nein, sagt er. Du?

– Ich wollte schon immer mal hin, sagt sie. Seit ich mal einen Film drüber gesehen hab. Diese rosa Häuser. Und die Strände. Das sah phantastisch aus.

Alfonso kommt zurück. Er setzt das Telefon zurück auf die Station und schiebt sich zwischen Beatrice und Henrietta.

– Wir beginnen mit ein paar Kleinigkeiten, mit denen ich letztes Jahr in Acapulco bekannt gemacht worden bin, sagt Deirdre.

– Es ist ein Privileg, hier zu sein, sagt Nigel.

– Du hast noch nicht probiert, sagt Deirdre.

– Schon allein ein Versuchskaninchen zu sein, sagt Nigel.

– Das war deine Schwester, sagt Alfonso zu Beatrice. Sie wird blaß: – Dot?

– Ich hab ihr gesagt, daß du hier bist. Ich soll dich grüßen. Sie sind jetzt los nach Hawaii.

– Hawaii?

– Ein kleiner Urlaub, um zu feiern. Wir haben sie kürzlich gesehen. Sie wirken sehr glücklich.

– Wirklich?

– Absolut.

– Das freut mich.

– Mich auch, sagt Alfonso und streicht sich über seinen üppigen Bart. Weißt du, Bea, ich hatte es immer im Gefühl, daß es so kommen würde.

– Hattest du nicht.

– Ich habe es irgendwie im Gefühl gehabt, doch.

– *Ich* nicht.

– Nein, sagt er. Natürlich nicht. Wie auch? Du warst ja mitten drin.

– Das hätte mir eine Menge Kummer erspart, sagt sie.

– Ich weiß nicht, sagt er. Der Kummer ist doch ein relativ stabiler Faktor im menschlichen Leben. Und denk an all die wunderhübschen Kinder, die sonst nie das Licht der Welt erblickt hätten.

– So kann man nicht denken, sagt sie. Das ist verrückt.

– Genau so muß man denken, sagt er.

– Das ist irgendwie »Alles ist das Beste in der besten aller möglichen Welten«-Quatsch.

– Nein. Das erkennt nur an, daß das, was ist, ist.

– Und das ist?

– Unbestreitbar.

– Die Vergangenheit und die Gegenwart?

– Und wir beide, die wir hier reden.

– Aber was ist mit deinem Bart? Ist der rot oder gesprenkelt?

– Du hast mich schon immer gern hochgenommen, Bea, sagt er.

– Nein. Ich arbeite nur gern die Logik aus allem heraus.

– Setzt euch, sagt Deirdre. Eßt einfach von allem ein bißchen und sagt mir dann eure Meinung.

– Es ist ein Privileg, hier zu sein, sagt Nigel. Wirklich.

XXV

– Darf ich Ihnen vielleicht ein paar Handschuhe zeigen? fragt die Verkäuferin.

– Nein danke, sagt Lionel. Ich wollte mir nur den Hut ansehen.

– Wir haben ein paar sehr schöne Handschuhe aus Schweinsleder, die gerade aus Irland reingekommen sind, sagt sie. Sind Sie sicher, daß Sie sie nicht anprobieren möchten?

– Sie meinen also, ich sollte?

– Was haben Sie zu verlieren?

– Zeit? sagt er.

Sie wischt die Bemerkung weg. – Sprechen Sie nicht über Zeit in diesem Geschäft.

– Existiert es außerhalb der Zeit? fragt er, fasziniert.

– Selbstverständlich, sagt sie.

Er sieht in ihre großen grauen Augen unter dem goldenen Rand.

– Lassen Sie mal sehen.

Sie zieht Schachteln hervor und legt sie auf den gläsernen Verkaufstisch.

– Wenn man hier arbeitet, wird man nicht älter? fragt er.

Sie lacht. – Niemals, sagt sie.

– Hier, sagt sie, probieren Sie mal diese. Die passen zum Hut.

 Sie streift sie über seine Finger. – Fühlen Sie mal, sagt sie. Sind die nicht weich?

– Was machen Sie? fragt er, während er seine Hand hoch ins Licht hält. Wenn Sie nicht hier arbeiten?

– Ich schreibe meine Doktorarbeit, sagt sie. Über Poussin.

– Den Maler?

– Gibt es noch einen?

– Keine Ahnung, sagt er, verwirrt.

Er dreht seine Hand um, die von dem weichen Leder umhüllt ist.

– Wie fühlt es sich an? fragt sie.

– Gut, sagt er.

– Probieren Sie mal diese, sagt sie und holt ein helleres Paar hervor. Hier, sagt sie, lassen Sie mich beim Ausziehen behilflich sein.

– Über welches Thema bei Poussin? wagt er sich vor.

– Ich nenne es »Eden und das Paradies im Werk von Nicolas Poussin«, sagt sie.

– Ist das nicht dasselbe?

– O nein! sagt sie. Eden ist die Welt vor dem Fall, aber es ist eine Welt auf dieser Erde, in die wir vielleicht zurückkehren können. Das Paradies befindet sich im Reich Gottes, und dorthin können wir nur nach dem Tod gelangen.

– Ach so, sagt er. Und was favorisieren Sie?

– Es geht nicht darum, was man favorisiert, sagt Angie. Es geht darum, die Bedeutung zu untersuchen, die diese beiden Begriffe für Poussin hatten, und wie sich das in seinem Werk widerspiegelt.

– Und wie spiegelt es sich in seinem Werk wider?

– Das wäre jetzt eine ganze Vorlesung über Poussin, sagt sie lachend. Die müssen Sie extra bezahlen.

– Ich kann zahlen, sagt er und lächelt sie an.

– Das ist nicht billig, sagt sie.

– Kommen Sie in den nächsten Tagen doch mal zum Tee zu mir, sagt er. Wir können auf dem Balkon sitzen, der zum Square hinausgeht, und Sie können mir Ihre Vorlesung über Poussin halten.

– Oh, die kostet aber mehr als nur eine Tasse Tee, sagt sie.

– Wieviel?

– Das muß ich mir noch überlegen, sagt sie. Die Tarife sind gestaffelt. Es hängt davon ab, was Sie sich leisten können.

– Noch ein Grund mehr, zum Tee zu kommen, sagt er. Dann können Sie herausfinden, wo ich tariflich stehe.

Er spürt, wie ihr erstaunter Blick auf seinem Gesicht ruht. – Hier, sagt er und zieht eine Visitenkarte hervor. Hier steht meine Adresse. Würde Ihnen Samstag um vier passen?

– Samstag kann ich nicht, sagt sie. Wie wär's mit Sonntag?

– Sonntag ist gut, sagt er. Vier Uhr.

– Warum bestehen Sie auf vier Uhr? fragt sie.

– Tue ich gar nicht! protestiert er. Ich dachte nur, daß ich eine Zeit vorschlagen soll.

– Darf ich um fünf nach vier kommen?

– Kommen Sie um fünf, sagt er.

– Nein. Fünf nach vier ist gut, sagt sie.

– Und diese hier? fragt sie und zeigt auf die Handschuhe.

– Ich nehme das dunkle Paar.

– Die passen gut zu dem Hut, sagt sie.

Fachmännisch packt sie seine Einkäufe ein.

– Malen Sie selbst auch? fragt er.

– Nein. Wieso?

– Sie haben Künstlerhände.

– Hab ich das?

– Absolut.

– Nein, sagt sie. Ich denke nur über Malerei nach.

– Wieso »nur«? sagt er und reicht ihr seine Kreditkarte. Es gibt wohl genug Bilder auf der Welt, und vielleicht wurde über diese noch gar nicht hinreichend nachgedacht.

Sie begleitet ihn zur Tür.

– Dann sehen wir uns Sonntag, sagt er. Es ist direkt hinter Harrods.

– Fünf nach vier, sagt sie.

– Nein, nein, sagt er lachend. Kommen Sie, wann Sie möchten.

– Ich bin sehr genau, sagt sie. Sie werden schon sehen, um fünf nach vier bin ich da.

– Uhrenvergleich? fragt er.

Sie öffnet ihm die Tür. – À bientôt, sagt sie.

– À bientôt, antwortet er.

»Wir lieben uns. Wir mögen uns nur nicht besonders.«

Rosalind, Bianca und Cordelia: Die drei eigenwilligen Schwestern – von ihrem exzentrischen Vater liebevoll nach Shakespeare-Heldinnen benannt – kehren eines Sommers nach Hause zurück, in die kleine Universitätsstadt im Mittleren Westen. Die Freude über das Wiedersehen währt nur kurz, denn die temperamentvollen jungen Frauen und ihre gut gehüteten Probleme stellen die familiäre Harmonie auf eine harte Probe …

Mitreißend und tiefgründig, spritzig und humorvoll erzählt *Die Shakespeare-Schwestern* vom Los und Segen lebenslanger Schwesternbande, die – sosehr man sich bemüht, sie zu lösen – doch allen Stürmen des Lebens standhalten.

Eleanor Brown, Die Shakespeare-Schwestern. Roman. Aus dem Amerikanischen von Brigitte Heinrich und Christel Dormagen. insel taschenbuch 4135. 374 Seiten

NF 137/1/3.12

Es war einmal in Paris …

Paris in den 1960er Jahren. Michel, gerade erst zwölf Jahre alt geworden, taucht ein in ein ganz neues Leben: Er entdeckt die Welt der Jugend und des Rock 'n' Roll, atmet die Luft der Intellektuellen und Literaten, die mit Gitanes-Zigaretten und Sartre-Bändchen in den Cafés und auf den Boulevards eine neue Zeit diskutieren. Durch die Linse seiner Kamera fängt er die Winkel und Gassen der Stadt ein und erlebt seinen ersten Kinofilm wie eine Erweckung.
Eines Tages stößt er im Hinterzimmer eines Bistros auf den »Club der unverbesserlichen Optimisten«. Hier trifft er Menschen, die zu Freunden werden, zu Vertrauten und Begleitern. Und schließlich erlebt er seine erste große Liebe …

»Ein Buch voll ungebrochenem Optimismus. Ein wunderbarer Schmöker.« *titel-magazin.de*

Jean-Michel Guenassia, Der Club der unverbesserlichen Optimisten. Roman. Aus dem Französischen von Eva Moldenhauer. insel taschenbuch 4136. 688 Seiten

NF 139/1/3.12

Eine Geschichte von Liebe, Freundschaft und Verrat – durchdrungen von den treibenden Rhythmen des Jazz

Hiero Falk, ein junger und außergewöhnlich talentierter Jazztrompeter, spielt zusammen mit den »Hot-Time Swingers« im Berlin der dreißiger Jahre in Kellerbars – heimlich, denn »schwarze Musik« ist nicht erlaubt. Seine Hautfarbe macht es nicht einfacher; die Gefahr, als »Mischling« von den Nazis verhaftet zu werden, steigt mit jedem Tag.
Als jedoch die geheimnisvolle und schöne Amerikanerin Delilah auftaucht, scheint nicht nur Hieros Traum wahr zu werden: Sie will die Band nach Paris holen – zu keinem Geringeren als Louis Armstrong, um mit ihm eine Schallplatte einzuspielen. Doch die Ereignisse überschlagen sich und reißen alle Beteiligten mit in eine ungewisse Zukunft …

Shortlist Man Booker Prize 2011
Scotiabank Giller Prize 2011

Esi Edugyan, Spiel's noch einmal. Roman. Aus dem Englischen von Peter Knecht. insel taschenbuch 4083. 395 Seiten

NF 103/1/11.11

Eine Liebesgeschichte, die ganz Amerika aufwühlte

Es ist eine schicksalhafte Begegnung, als Mamah Borthwick Cheney 1907 den jungen Architekten Frank Lloyd Wright kennenlernt … Die beiden verlieben sich leidenschaftlich ineinander, doch beide sind verheiratet und haben Kinder. Mamah und Frank fassen einen radikalen Entschluß: Für einen gemeinsamen Neuanfang brechen sie alle Brücken hinter sich ab und fliehen gemeinsam nach Europa: ein Skandal, der ganz Amerika empört – üble Nachrede verfolgt die beiden bis über den Atlantik. Jahre später kehren die beiden in die USA zurück, wo Frank seiner Geliebten die Fluchtburg Taliesin baut. Doch für Mamah scheint es keinen Weg zurück zu geben …

Ein ergreifender Roman über die Macht der Gefühle, schicksalhafte Entscheidungen und den Mut, als Frau den eigenen Weg gegen alle Widerstände zu gehen.

Nancy Horan, Kein Blick zurück. Roman. Aus dem Amerikanischen von Brigitte Heinrich. insel taschenbuch 4046. 530 Seiten

NF 102/1/11.11

Eine Liebe in Zeiten des Krieges

Am Vorabend des Ersten Weltkriegs. Adèle und Wilhelm kennen sich seit Kindheitstagen. Aus kindlicher Freundschaft wird eine leidenschaftliche Liebe – eine Liebe, die nicht sein darf. Die Tochter eines elsässischen Weinbauern und den Sohn aus reichem Berliner Hause trennen nicht nur die gesellschaftlichen und politischen Umstände. Denn als sich die deutsch-französischen Auseinandersetzungen zuspitzen, finden sie sich plötzlich auf gegnerischen Seiten wieder …

Ein bewegender Roman über eine Liebe gegen alle Konventionen und Widerstände.

Karsten Flohr, Zeiten der Hoffnung. Roman
insel taschenbuch 4146. 365 Seiten